光尘
LUXOPUS

和校长互换身体的男孩

HEAD KID

【英】大卫·巴蒂尔 著
（David Baddiel）
【英】史蒂文·伦顿 绘
（Steven Lenton）
苏心一 译

花山文艺出版社

献给恩佐,感谢他的好点子。

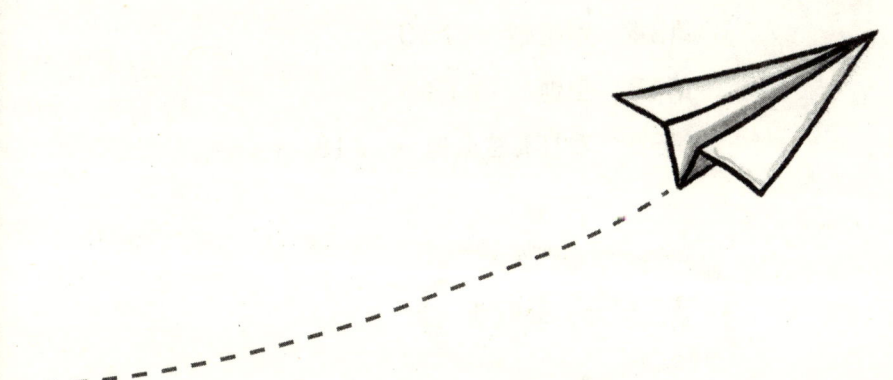

目 录

第一部分：前校长

第1章　不合格　/2

第2章　恶作剧大王　/5

第3章　别担心　/10

第4章　空地　/13

第5章　我打算这么做　/18

第二部分：新校长

第6章　游手好闲　/29

第7章　我不是垃圾　/34

第8章　学校里最调皮的男孩　/40

第9章　奥克罗夫特　/44

第10章　本尼和比约恩（塔）　/46

第11章　什么惩罚？　/52

第12章　更令人恐惧的……　/56

第13章　拿回你的内裤……　/61

第三部分：互换大脑

第14章　邦邦邦明顿先生　/71

第15章　啊啊啊啊啊啊！！！！　/74

第16章　不是，安！　/80

第17章　瑞安→←卡特先生　/85

第18章　小小修改　/87

第19章　布拉克特·伍德快闪族　/92

第20章　淘气的垃圾桶　/99

第21章　像猫一样喵喵叫　/106

第22章　要上下一节课了　/110

第23章　《如何当校长》手册　/114

第24章　我不叫多琳　/120

第25章　哦，校长卡-特！　/126
第26章　事情越来越古怪了　/133
第27章　所有的十四个品种　/140
第28章　有点忘了　/148
第29章　别的人　/154
第30章　卟卟咪咪轰轰　/159
第31章　给卡特先生的留言　/168
第32章　真的很好　/172
第33章　那是我的问题　/174

第四部分：对决
布拉克特·伍德 vs 奥克罗夫特

第34章　喧闹　/183
第35章　好倒是好　/187
第36章　放马过来　/189
第37章　自视高贵的人　/194
第38章　附：屁股屁股屁股　/202
第39章　太糟糕了　/206
第40章　有点问题　/209
第41章　雪莉女爵　/212

第42章　你会后悔的　/216

第43章　渣滓　/222

第44章　乏味守旧的奥克罗夫特　/229

第45章　干得不错　/235

第46章　我的天啊　/238

第47章　非常严肃地谈一谈　/245

第48章　你说伙计们时　/249

第49章　根本不　/253

第50章　呸！　/256

第五部分：学生代表

第51章　奇怪的音乐　/263

第52章　哥哥　/267

第53章　就这些吗？　/270

第54章　还有一件事　/275

第55章　还有另外一件事　/278

尾声　/285

防蠢办

优质高级教育及防蠢办公室

布拉克特·伍德学校调查报告

调查结果:

[不合格]

调查细节

教　　　学：　差（尤其是巴林顿先生）

设　　　施：　不好

食　　　物：　没法吃

员工士气：　低

考试成绩：　请别问

厕　　　所：　糟糕透顶

级别和推荐等级：　参见背面

第1章

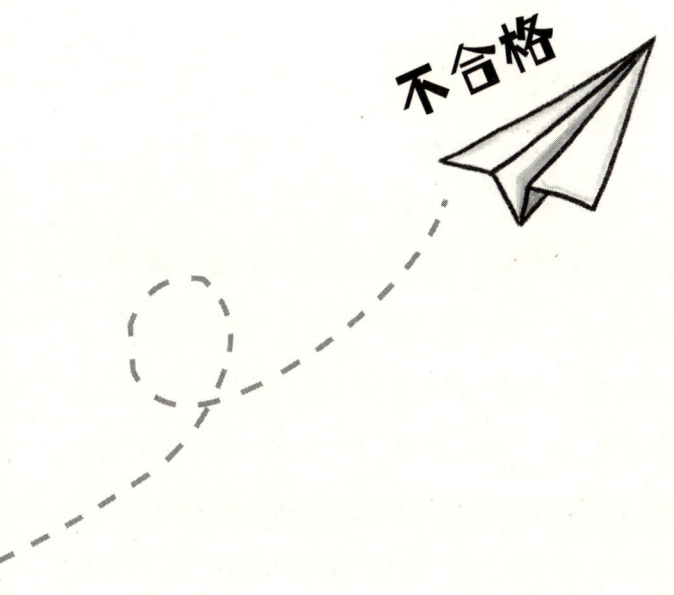

　　从1983年建校以来，布拉克特·伍德学校从来没有被"防蠢办"评过"优秀"，也没有被评过"良好"。20世纪90年代初，学校有过一段短暂的黄金时期——被评过一次"合格"。但后来发现那是个失误——督察员打错了勾，他也自食其果，得到差评。布拉克特·伍德学校又回到它通常的等级：不合格。

　　事实上，在"防蠢办"办公室，这始终是个笑话——或许你认为"防蠢办"这个地方是严肃正经的，但至少涉及布拉克特·伍德学校的问题，你这么想就错了——有一天他们也许会为这所特别的学校增设一个新等级：垃圾。

对于布拉克特·伍德学校来说，这的确是个棘手的问题。因为众所周知，"防蠢办"是一家政府机构，专门负责调查及核实学校是不是垃圾学校。可想而知，家长们该有多么关注他们的报告。事实上，确实有些家长花费了大量时间阅读"防蠢办"的报告，而且还会与其他家长讨论。基于这些报告，家长们一直在为送孩子去哪所学校而犯愁。有些家长甚至焦虑过度，以至于毁了孩子的童年。不过，那是另一个故事了。

这个故事是从布拉克特·伍德学校的教职员工、学校董事、家长们，甚至一些学生有点惶恐不安开始的。因为"防蠢办"要来核查了，一个月内就会来，这比平常更让人忧虑。原因有二：

1. 听说"防蠢办"要再来核查，教育部布拉克特·伍德委员会宣布，如果学校再次被评为不合格，就会考虑关闭这所学校，还有……

2. 瑞安·沃德。

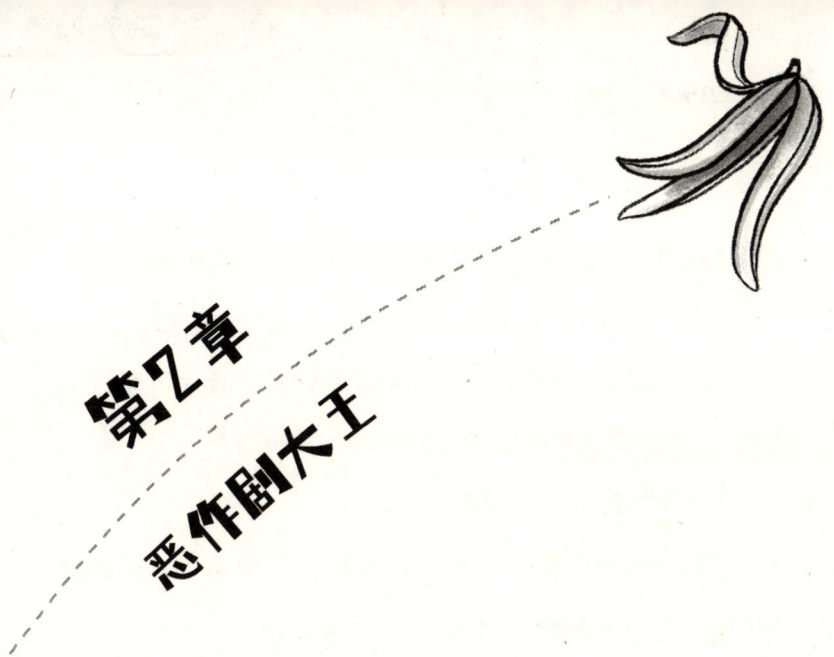

第2章 恶作剧大王

"嗨,6B班的孩子们!"巴林顿先生说着,把电视显示屏搬到讲台上面。"有个好消息,今天我们要看纪录片!"

班上响起了一阵不满的抱怨。

"别哼哼!"巴林顿先生说。

班上又响起了一阵不满的抱怨。

"我说了,别哼哼。我没说再哼哼。"

"是《无铅的世界》吗?"巴里·贝内特问道。

"不是,但那部纪录片很不错。"巴林顿先生说着,把DVD

放进播放机,"尤其是讲述会给电缆护套带来的问题那部分。"

"千万别放关于尘土的那部!拜托!"塞姆·格林说。

"你是说《无处不在》吗?要知道那部纪录片可赢得了DAFTA的一项大奖!"

"你是说BAFTA[1]吧?"

"不,我说的是来自灰尘和污物追踪协会(Dust And Filth Trackers Association)的一个奖项。"

"请不要放《一个牧羊人的世界》……"

"安静点,关掉灯,马尔科姆·贝利——对于羊来说,草的味道多种多样,那部纪录片花了二十分钟生动地介绍了这个有趣的主题,别跟我说你不喜欢。"

马尔科姆肯定地摇了摇头——好像他当真了解——关掉灯。屏幕上出现了一个菜单,显示了一个巨大的金属桶,还有文字:"桶是怎么做出来的。"

"这部纪录片讲什么,先生?"莫里斯·福西特问道。他是校长的儿子,老实说,他要想在学术上继承父业,希望渺茫。

"哦,莫里斯,你这个问题问得很好。这部纪录片是有

---

[1] British Academy of Film and Television Arts:英国电影电视艺术学院。

第 2 章 恶作剧大王

关——等一下,你在讽刺我吗?"

"我想他是。"他的双胞胎妹妹伊丝拉不耐烦地说。

"呃……"巴林顿先生说着,按下了"播放"键。"看吧,非常有趣。"

说完这话,他就去电视后面的椅子上坐了下来——给6B班的学生们播放乏味枯燥的纪录片后,他一贯如此——把那副大大的眼镜往脑门儿上推了推,很快就睡着了。

就在这时,一直安静地坐在后面的瑞安·沃德知道该行动了。

"你在写什么?"埃莉·斯通悄声问。巴林顿先生的右手边,挤了六个孩子,他们满满地围成一圈,她是其中之一。他们

围成这么一圈,是因为巴林顿先生的右手垂在一边。他的头懒洋洋地耷拉在胸口,轻轻打着鼾,小胡子一动一动,口水顺着他左嘴角流到下巴。瑞安·沃德蹲在他的右手边,挥动着一支眼线笔。

"你很快就会知道……"瑞安悄声回答。

"于是金属板弯曲紧扣住桶架……"电视上正播放着纪录片,孩子们都很安静。

瑞安开始写字了。他小心翼翼,动作相当轻柔,确保不会弄醒老师。

"很聪明,"塞姆说,"你在倒着写。"

"没错。"瑞安说。他继续专心地写。毫无疑问,这是一个恶作剧。瑞安,这个布拉克特·伍德学校最淘气的男孩,常常为自己的恶作剧而自豪。他是恶作剧者中的哲学家王子。门前一桶水兜头泼下来,五十份你根本没有点过的披萨送到家门,这类恶作剧不是他的风格。身为一个恶作剧者,他的座右铭是:推陈出新。即便他用的是一个旧把戏——比如捉弄一个睡着的老师——瑞安也会旧瓶装新酒。有人说,魔鬼藏在细节里,这个特别的魔鬼自然会确保他恶作剧里的所有细节都做到位。

第 2 章　恶作剧大王

"在这个阶段,确保桶底没有洞非常重要。即使之后——哈哈——你或许想唱一首关于它的歌!"

瑞安放下眼线笔。

"好了,"他仍然悄声地对"观众们"说,"意想不到的结局来了。"

他从书包里拿出一个小塑料盒子,里面有一只蚂蚁正在大力咀嚼一片生菜。他把食指伸进盒子,让蚂蚁爬到食指上。接着,在同学们出神的注视下,瑞安小心地抬起手指,朝巴林顿先生的脑门儿移动,移到他推高的眼镜上方。只见那只蚂蚁抬起头,摆动着微小的触角,从瑞安的手指上往下爬。

"用这种方法,一个工场一天可以做十五个桶。"

"等等,"一个声音响起,"你不会是要做——我认为你会做的那件事吧……"

第3章
别担心

瑞安没有转过身来。他依然全神贯注,手指一动不动。

"我可说不好,迪欧娜,"瑞安说,"你觉得我在做什么?"

迪欧娜·巴克斯特,就站在瑞安身后,是他最好的朋友,通常也是他的恶作剧助理,但这并不意味着她认为自己是他的下属,尤其她还比他大两个月。

"我觉得你在做的事情会把那只蚂蚁弄死。"

"呃……也许……"瑞安说。

"不能那么做!"迪欧娜说。

第 3 章 别担心

"什么?"

"不能那么做,瑞安。这对那只蚂蚁不公平。小蚂蚁只是在你的花园散步,建蚁穴,搬运叶子……"

"实际上,它当时在搬运的是我的一点鼻屎,它抵挡不住咸鲜美食的诱惑,我就趁机抓住了它。"

"无论如何,你不该这么对它。或许可以这么对巴林顿先生,但不要这么对那只蚂蚁。"

"迪欧娜,"瑞安说话的时候,仍然看着那只蚂蚁,现在它快爬到老师的脑门儿了。"如果我们这样争下去,巴林顿先生会醒的!"

"那么,别争了。"

最后,瑞安抬起头看着迪欧娜,她正好注视着他,眼神里不容争辩。

瑞安叹了口气。"好吧，好吧。"他把手指放回那个有生菜的塑料盒子里。那只蚂蚁，全然不知为何从盒子里出来又回去，但它还是爬了下来，重新咀嚼起叶子。

"那现在我们拿什么挠他痒痒？"瑞安问。

"别担心。"迪欧娜说。她在仍然熟睡的巴林顿先生身后走来走去，她低下头，把头发梢恰好落在他的脑门儿上。她左右晃动着脑袋，一缕缕头发轻拂过他深邃的皱纹。

巴林顿先生在睡梦中抽搐了一下，鼻子动了动。在一旁观察的瑞安，了然于胸。

"好了，大家快回座位上去！马上！"

大家都跑了，都及时回到了座位上。及时的意思是，他们刚一坐好，就看到了巴林顿先生睁开眼睛。他的眼镜滑落到鼻梁上，他用右手重重地拍了拍自己的脑门儿。

他打了个呵欠，站起身说："嗯，好了，同学们！"

他正要说平常放完纪录片后都会说的一句话："这可真是一部有趣的纪录片。我希望你们喜欢。"

可他没有机会说这话了，因为同学们全指着他开怀大笑。

第4章 空地

"对不起,巴林顿先生,"福西特先生疑惑地说,"到底怎么回事,我不太明白。"

"校长,正如我所说,我给6B班的孩子们播放了一部有趣的纪录片——当然,我自己也在认真地看——突然全班同学指着我笑了起来。不用说,我立马就知道谁是这场闹剧的幕后主谋,那就是瑞安·沃德!一如往常!"

巴林顿先生就站在布拉克特·伍德学校校长福西特先生的办公室里,站在校长的办公桌前。而瑞安·沃德站在他旁边。

有这样一个说法：黄油放在他嘴巴里似乎都不会融化。我一直搞不清是什么意思。难道是说，看上去天真无邪？可这跟嘴巴的温度有什么关系，我不明白。况且老实说，如果黄油放在你嘴巴里不会融化，你应该请医生或电器工程师过来，因为要么是你病得很重，要么是你的冰箱温度太低。

不过，瑞安就是这种表情，虽然他的领带和平常一样，没有规规矩矩系好，但也许这样显得他并没有那么单纯、无辜。他的领带松松垮垮地挂在衣领下方两个扣子的地方。瑞安喜欢用这种行为来表示叛逆，好像在说："没错，我系了领带，可我不会安安分分地穿校服。"

"好的，"福西特先生对巴林顿先生说，"但是这些跟你脑门儿上写的字有什么关系？"

"您说什么，校长？"

"巴林顿，你的脑门儿上有字。黑色的大写字母。"

巴林顿先生，一直手舞足蹈地说个不停，这时停了下来，看上去一头雾水。他愤怒地瞥了瑞安一眼，走到办公室的壁炉前面——壁炉上方就有一面镜子。

巴林顿先生照着镜子，迷惑不解。他把大眼镜摘了下来，眯起眼睛看了又看，接着又戴上眼镜。最后，他说："嗯，我完全看

第 4 章 空地

不清楚写的是什么,似乎写的是……AVAILABLE FOR RENT(可供出租),这是俄语吗?"

"巴林顿,"福西特先生有气无力地说,"你是对着镜子看的。"

巴林顿先生的目光又落到镜子上,更加迷惑不解。

"哦,天哪,巴林顿,"福西特先生说着,走过来站在他旁边。"和往常一样,给 6B 班放上一部乏味的纪录片后,你就睡着了,于是瑞安趁机在你脑门儿上写了这些字。"

"实际上,是在他的手上,先生。"瑞安说。

"什么?"福西特先生问道。

15

瑞安有点儿趾高气扬地朝巴林顿先生走去,那架势就像一位犯罪高手要向一位不太聪明的侦探解释——自己最近策划的一起绝妙的银行抢劫案的细节那样。

"如你所说,巴林顿先生睡着后,总是把他的眼镜推到脑门儿上。我必须想办法解决这个问题。因此……我在他的手上写字——长话短说——我和一个朋友找到了一个方法,把他弄醒,与此同时让他拍打自己的脑门儿。"

福西特先生点了点头。"我明白了。要做到这一点……你肯定是在他的手上倒着写的?"

瑞安礼貌地笑了笑,就像一个政客,受到称赞,却不想表现得太得意。

"校长,"巴林顿先生说,"我不知道这个孩子在说什么。我当然没有睡觉——"

福西特先生抓住巴林顿先生的右手,举到镜子前面。"空地:可供出租。上面写的就是这个。你的脑门儿上也是。"

"哦!"巴林顿先生说。

一阵短暂的停顿,两个男人继续凝视着镜子,瑞安兴味十足地在一旁观望。

"这就是 6B 班的孩子们哄堂大笑的原因。这是个玩笑,你明白了吗？取笑你没有脑——"

"是的，我明白了，校长。谢谢您。"巴林顿先生说完，又怒不可遏地转向瑞安，"至于你，瑞安·沃德，别再幸灾乐祸地傻笑了！"不得不说，瑞安正得意地笑呢。巴林顿先生凑得离瑞安非常近，在瑞安的鼻子前面愤愤地挥动着一根手指。"等我好好跟你算完账，你就傻笑不出来了！嗯，绝对笑不出了！"

"谢谢你，巴林顿先生。"福西特先生说，"别担心，我来处理这件事。"

巴林顿先生的那根手指一动不动，几乎快贴到瑞安的鼻梁上。事实上，近到瑞安的眼睛看成斗鸡眼才能看到他的指尖了。

但巴林顿先生没有注意到这一点。现在该他得意地笑了，因为他确信这个男孩有苦头吃了。

第5章
我打算这么做

"行……"巴林顿先生扬扬得意地离开了办公室,尽管脑门儿上仍有一条信息暗示着他没有脑子。

"……做得好,瑞安。"瑞安疑惑地眨了眨眼睛。他以为福西特先生会对他大骂、威胁、惩罚等,但没料到福西特先生居然称赞他。

"我说真的。"福西特先生解释道,显然他意识到了瑞安的吃惊,"绝妙的恶作剧。也许比不上那次你拿灭火器朝学校食堂女职工的布丁盘喷。"

第 5 章 我打算这么做

"那只是因为喷出来的东西看上去太像奶油了。"瑞安说。

"对,对,没错。虽然味道不怎么样,是吧?从那以后,起码有五个孩子再也不吃布丁了。正如我所说,干得漂亮。还有那次你让全校师生在晨会上哼曲子。"

"很小声,所以一开始你都没注意到……"

19

"是的,那是经典套路。还有什么?你还在老师办公室外面的走廊放了很多黄油……"

"王老师的腿现在好了吗?"

"还没有。对了,还有洗衣房里蜘蛛成灾……"

"去年的毕业典礼上,大正激动地掉眼泪时,突然火警警报拉响了……"

第5章 我打算这么做

"你还告诉幼儿园小班的每个孩子,芬奇小姐其实是怪兽咕噜牛……"

"她长得的确有点像——"

"哦,我知道。这就是你的话这么起作用的原因。我们花了两个星期的时间才让他们全部回到学校,不再大喊大叫!哦,结果,我想想,用你的话来说……"

瑞安皱起眉头。他不知道该怎么回应。福西特先生的行为十分反常——通常他会罚瑞安课后留校,更是懒得听他玩什么新花样。

校长转向瑞安,说:"得了,考虑到目前为止你所有的淘气行为——加上这次在巴林顿先生的脑门儿上打'标语'——我打算这么做。"

啊,瑞安心想,来了来了。

他本想闭上眼睛,感觉就要经受严厉的惩罚了,可又觉得跟他以淘气为荣的形象不符,于是他还是睁着眼睛。福西特先生说……

"辞职。"

瑞安眨了眨眼。

"你说什么？"

"辞职。"

"你说什么，我还是没有——"

"辞职。"

福西特先生这次声音更大了。他又说了一遍。嗯，他并不是说出来的。他是唱出来的，和着什么歌的曲调唱道：

辞职，辞职！

辞职，辞职！

我要走了！

福西特要回家了！

虽然福西特先生是即兴编词，但瑞安还是被折服了——他的歌词非常完美。他大声唱着，手舞足蹈着，时而脚抬到空中，时而大拇指伸到腋窝下，总之，他在瑞安身边跳来跳去。他继续唱……

第 5 章 我打算这么做

　　辞职,辞职!

　　辞职,辞职!

　　摆脱这里!

　　远离你!

唱到"你"这个字的时候,他还用手指着瑞安的脸,以示强调。唱到副歌时,福西特先生还一直指着。

　　你没救了!

　　现在是时候摆脱了!

　　三十年的学校生涯,

　　从没见过比你更糟糕的孩子!

他转向窗户,张开双臂,唱得更大声、更有气势了,活像一位歌剧演员。

> 辞职，辞职！
>
> 辞职，辞职！
>
> 我现在要离开了！
>
> 福西特……要回……家！

最后一个音——"家"——拖了好长。唱完，他蹦蹦跳跳——没错，蹦蹦跳跳——蹿到办公桌旁，把上面的所有东西全都装进了他的棕皮公文包里。

瑞安这时候可没之前淡定了，他惊讶得嘴巴大张着，说道："但是……谁来管理学校呢？"

"哈！"福西特先生说着，啪嗒一声关上了公文包，"也许你可以试试，瑞安！"

说完，他疯狂大笑，就像童话剧中的反派角色那样。随后，布拉克特·伍德学校的校长——准确地说，可能是前校长——离开了，重重地摔门而去。

唉，瑞安心想，以前从没闹到这个地步啊。

第 5 章 我打算这么做

第二部分
新校长

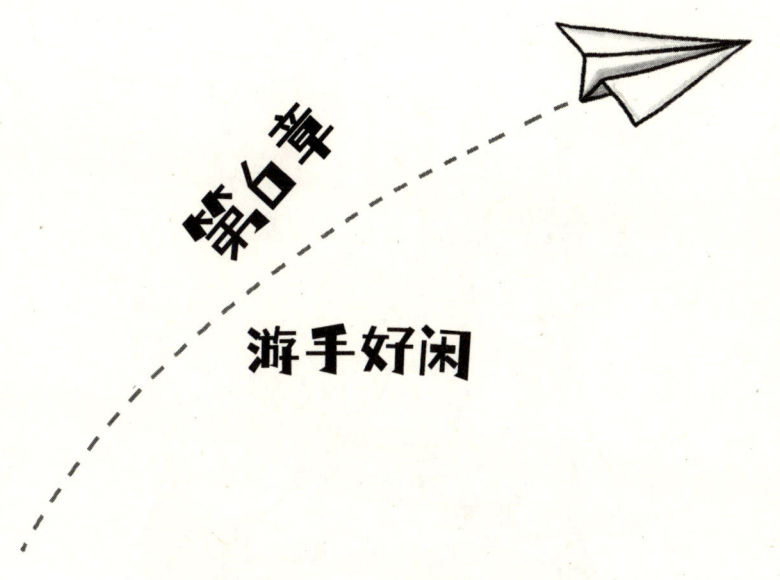

第6章
游手好闲

"他是什么样的人?"瑞安的妈妈蒂娜一边说着,一边抬起头来。她试图把一满勺婴儿食品喂进霍莉的嘴巴里,"那位新校长?"

"我不知道,妈妈,"瑞安说,他的眼睛几乎一直盯着电脑屏幕。像往常一样,他正在看他最喜欢的一个播主的节目,那个人在笑着评论网络上的流行梗,"他明天才上任。"

"哦!今天在学校怎么样?"

"无聊透顶。"

"你总是这么说。"

"因为学校总是这样。"

没错。同样无聊的课程,同样无趣的老师,同样难吃的食物——食堂女职工用冰激凌勺子从巨大的托盘里挖出来的混着即食土豆泥和肉的"猪食"(瑞安一直觉得这种分菜方式是一种侮辱——用冰激凌勺子分菜,你以为会来些美味的东西,

第6章 游手好闲

实际上却不是,这完全是逗我们玩儿呢)。

在布拉克特·伍德学校,连体育课也很无聊。前阵子,他们跟一所叫奥克罗夫特的贵族学校踢足球,弗雷德·斯通的表现令人惊艳,让他们兴奋了好一阵,但仅此而已。

真的,这就是为什么瑞安会用大量时间和精力搞恶作剧。这样一来,学校就没那么无聊。

他回到笔记本电脑键盘前打字,不时咬一口身旁的速冻食品——辣香肠披萨(现在吃的当然不是冷冻的:他妈妈已经加热过了,但之前是冷冻的。我真的不太明白为什么要解释这件事)。

蒂娜在一旁看着,一脸担心。她知道,瑞安真的应该少花点时间上网。事实上,她不确定他是否应该上网,她觉得他或许在看一些不适合他这个年龄看的东西。

可有时蒂娜特别忙,只好让儿子玩电脑,这样他就有事情做了。蒂娜的妈妈过去常说,游手好闲容易惹是生非,这句话比"黄油放在嘴巴里不会融化"更容易理解。它的意思是说,如果孩子——特别是淘气的男孩子——无所事事,他们就会调皮捣蛋。比如,按下别人家的门铃后就跑开,或者在浴室花洒里放上速食汤粉包。这样做着实搞笑,虽然蒂娜有时认为眼睁睁看着即食土豆韭菜汤倒在了丈夫的头上，而自己却捧腹大笑，也许是他离开的原因之一。

这就是问题所在。虽然瑞安很淘气，可有时他的捣蛋真的很搞笑。连他在网上看的大部分节目片段也很搞笑——他还会给她看，而她从不责备他，反倒跟他一起开怀大笑。这也是她喜欢跟瑞安在一起的原因——有时候，她感觉就像跟朋友在一起一样，而不是跟儿子。

然而令她烦恼的是，虽然她是他的妈妈，有时还是他的朋友，可她毕竟不是他的爸爸——也许有些时候，他需要一个爸爸。至少爸爸能让他系好校服领带。到下午时，瑞安的领带总是垂到了衬衫的下半部分。她纳闷他是不是一出门就把领带扯了下来。

"薯！薯！薯！"霍莉指着桌上的一袋盐醋味薯片叫道。霍莉总是至少漏掉每个词语中的一个字，"安！"她继续对瑞安说，"片！"

"你不会喜欢这种薯片的，霍莉，"蒂娜说，"它们的味道很冲。我听说他很严厉。"

瑞安猜想妈妈说的不再是薯片，也不是对霍莉说话，他耸了耸肩。

第6章 游手好闲

"你的意思是……"

"好吧,瑞安,"蒂娜说着,拿着霍莉的碗站起身,"你知道我的意思,如果新校长很严厉,你就得管好自己。"

需要吗?瑞安想。嗯,一位十分严厉的校长?那有点挑战。

不过,他没有说出口。他说:"好的,妈妈。我会很乖的。"霍莉仍然在用两只手用力地够那个袋子,他递给她一片盐醋味薯片。用他的话说,她尝到薯片时,表情扭曲,好笑极了。

第7章 我不是垃圾

不过,瑞安的妈妈蒂娜说得没错。

新校长卡特先生,**是**十分严厉的人。也许我强调错了。也许应该是:新校长卡特先生,是**十分**严厉的人。

无论如何,严格的校风校纪,正是布拉克特·伍德学校董事会所寻求的。"防蠢办"马上要来核查了,他们需要一个可以迅速扭转局面的校长。如果说这意味着以铁腕手段处理捣蛋鬼——也就是瑞安·沃德,那就随他的便吧。

在新校长的首次晨会上,这一切一目了然。孩子们鱼贯

第 7 章 我不是垃圾

而入,老师们坐在学校小讲台的后面——巴林顿先生、低年级的主管杰拉德小姐、教小班的芬奇小姐、挂着拐杖的教体育的王老师(如果你记得的话,她就是在办公室外面因为瑞安的黄油恶作剧而跌倒受伤的那位老师)。

巴林顿先生站起身说:"请安静!"他总是这么说,确实总是需要安静,因为晨会期间的布拉克特·伍德学校老是像闹翻天了一样。

通常,这句话巴林顿先生得说七次,而且声音一次比一次大,直到他扯直了喉咙尖叫起来,脸红得跟西红柿一样,那之后他才终于深吸了一口气,说:"大家早上好!"盘腿而坐的孩子们会回答:"早上好,巴林顿先生!"要是瑞安的话,他会说:"早上好,邦明顿先生!"

但是在这个特别的早上,巴林顿先生只需要说一次"请安静",其他每个人——就连瑞安——都安静下来了。

因为在他说了一次后,本来还在对着墙整理上衣的卡特先生,转过身来了。

他看上去确实就像一位校长——他留着利落的短发,身穿黑色西装,系着黑色领带(系得很规范,正好在最上面的纽扣处)——但也有点像个黑帮老大,他的神情里带着几分威胁。

他的眼睛也是黑色的,总是眯着看人;他的头慢慢地移动,就像监狱里的探照灯。

一片肃静。

当他终于开口说话时,他的声音缓慢而低沉,仿佛蝙蝠侠走到了学校讲台:"大家早上好……"

第 7 章 我不是垃圾

卡特先生居然是苏格兰人。迄今为止，没有一个苏格兰蝙蝠侠。话虽如此，不知怎的，苏格兰口音让他的声音更加令人不寒而栗了。一阵沉默，全体师生似乎都惊恐得不敢回应。

卡特先生缓缓地眨了眨眼睛，大声重复道：

"我说了，大家早上好……"

一瞬间，大家争先恐后地答道：

"早上……早上……好……好……是的……早上好……好……早上……卡……特……卡特先生！"

卡特先生看着这群孩子说："好的，我们以后可以好好地改进一下问候习惯了。"又是一阵长久的停顿。这时，几乎连孩子们流汗的声音都能听到了。接着……

"这所学校远近闻名，不是吗？它有什么样的名声呢？"

孩子们要么看上去困惑、惊恐，要么低头盯着地面。卡特先生自顾自地点了点头，似乎就没指望有人回答。

"我来告诉你们，好吗？**垃圾**。"他说这个词时的声音最大，这就是为什么我给它加粗了。他的声音太大了，有些一年级的孩子被吓哭了起来。

但这并没有干扰到卡特先生，他继续说："长久以来，这所学校就享有'垃圾'的臭名，赢得了所有的倒彩。这很有问题，不是吗?你们知道布拉克特·伍德学校的问题究竟在哪里吗?"

除了几个一年级的孩子在呜咽,会场里再次鸦雀无声。

杰拉德小姐,着一头漂亮的大鬈发,但牙齿看上去却很糟糕——总是黑红黑红的。她站在卡特先生身后,弯下腰,轻声说:"对不起,校长,您指望有人回答所有问题吗?我觉得孩子们有点困惑……"

"我来告诉你们。"卡特先生说,仿佛杰拉德小姐并不在那里,"问题不在于你们。对于你们来说,这不是一个问题。你们可以继续当垃圾,再去一所垃圾中学,你们的人生将变成——猜猜什么样——垃圾。那很好,这是由你们自己来决定的。是的,布拉克特·伍德学校的问题在我。"

他双手放在面前,合十做祈祷状。

"因为我——不是——垃圾,"他说着,慢慢地把手放下来,"我改变了我管理过的每所学校,它们最后都被'防蠢办'评为优秀。显然,这所学校是我待过的最差劲的学校,但我不会让这所学校败坏我完美的声誉。明白吗?"

仍然没人说话,但起码现在有回应——很多孩子拼命地点头。

"很好。今天上午学校的教职员工会张贴通知,上面有一

第7章 我不是垃圾

整套新规则,我希望你们严格遵守。"

卡特先生开始往外走,然后又猛地停了下来,探照灯一般瞪着参加晨会的孩子们。

"哦,还有一件事情。这所学校,还以恶作剧知名,对吗?闻名遐迩——对付不了恶作剧的老师不适合来这里。用灭火器喷餐盘,很危险地在办公室外面的地板上放黄油,老师们——"说到这里,卡特先生扭头看了眼巴林顿先生,"糊里糊涂地,脑门儿上被写话羞辱。"

巴林顿先生低下了头。

"这些都不准再发生了……"卡特先生冷冷地说,"如果这样的事情再发生,作恶者会马上被揪出来加以严厉处罚。从现在起,布拉克特·伍德学校对恶作剧采取零容忍政策。"

说这句话时,卡特先生的眼睛似乎眯得更厉害了,笼罩上了一层阴影,就像一些古老的肖像画,不管你在房间里的哪个位置,他的眼睛似乎都在盯着你看。

会场里的每个孩子都感到惊恐万分,似乎卡特先生正在针对自己说这些话。

但是,如果你非常仔细看的话,你会发现,实际上卡特先生正盯着一个学生说话——瑞安·沃德。

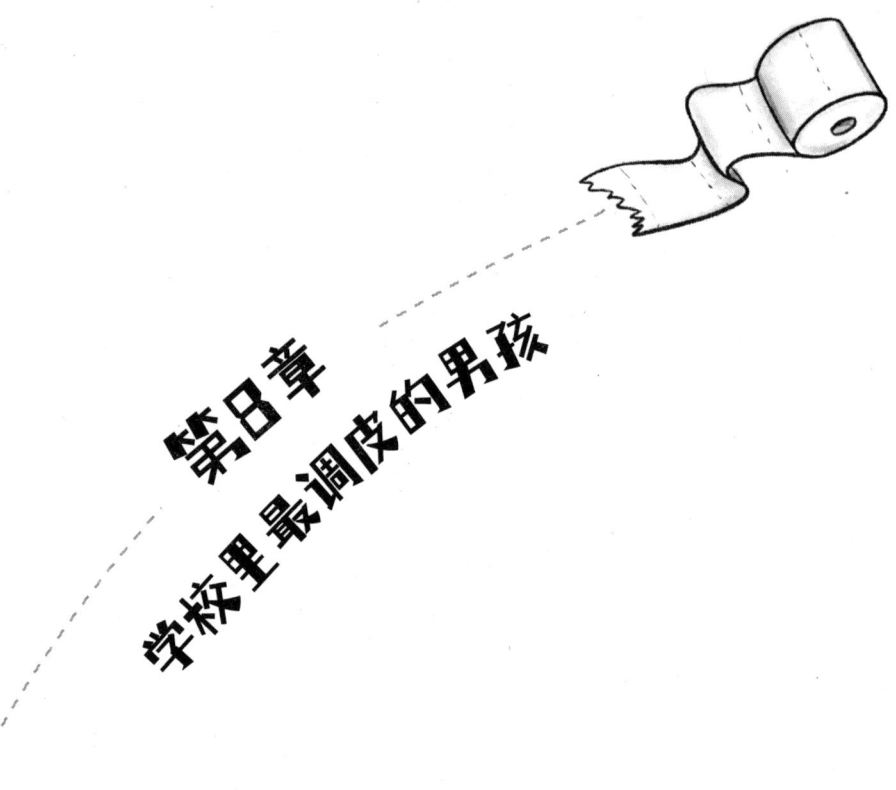

第8章
学校里最调皮的男孩

"你打算怎么办,瑞安?怎么办啊?"斯特林问道。

"对啊,怎么办,瑞安,怎么办啊?"斯卡利特问道。

斯特林和斯卡利特是兄妹。他们不是六年级的学生,一个读三年级,一个读二年级。大部分时候,他们都缠着弗雷德和埃莉·斯通玩电脑和电子游戏,但是从会场出来后,他们碰到了瑞安,实在没法抑制自己的好奇心。

"你们说的是什么意思,网络宝宝?"这是他们的外号,因为他们年纪小,并且痴迷于网络技术。

第8章 学校里最调皮的男孩

"呃,"斯卡利特说,"你是这个学校最调皮的男孩!"她说这话时并不觉得这是件不好的事,反倒带着一种敬畏。

"嘿,这个我还不知道呢!"瑞安说着,赫然一笑。

"你就是,"斯特林说,"我们在嗡嗡蜂网站上做了一个调查。"

"那应该是没人听过的无名网站吧?"

"是的!"斯卡利特说。

"那么不是一项大调查,是吧?"

"哦,"斯特林说,"我想不是。只有我、斯卡利特和我们的妈妈投了票。不过无论如何,你赢了,你被选为布拉克特·伍德学校有史以来最淘气的男孩。"

"还有最佳恶作剧者!"斯卡利特说。

"所以呀……"迪欧娜从他们身后的走廊走了过来,并说道,"如果是这样的话,我得说,新校长向你发出了特大挑战。"

"好的,好的,哦,别担心……"他低下头,其他人也低下了头。瑞安压低声音说,"我告诉你们,我打算怎么做——"

"我来告诉你,你不能做什么,瑞安!"巴林顿先生说,"你再也不能在学校的走廊里停下来聊天了!"

他举起一张纸,用图钉把那张纸固定在学校布告栏上,并一脸得意,好像在说:"这会给你一个教训,你——这个——在——我的——脑门儿上——写字——讽刺——我——没有——脑子的——小子!"

"因为从现在起,禁止在学校走廊里说话,这是新校长的命令。从这一堂课换到下一堂课的教室,所有学生都要排成列队安静地前往,没做到将立即被处以留堂!还有……"

巴林顿先生指着那张纸,继续宣读新规定,孩子们都围在他旁边。

"……要按规定穿校服,你最好学会系领带,瑞安。"

瑞安低头看了眼他的领带,耸了耸肩。

"此外,"巴林顿先生继续说,"上学迟到一分钟,手上始终没拿笔或尺子,总是在课堂上回头,老是在课堂上发出不必要的或者愚蠢的噪声,并且……"

"谢谢您记住了所有新规定,巴林顿先生,"瑞安说,"毕竟倒过来读这些规定太难了。"

瑞安走了。

巴林顿先生转向布告栏,摘下他大大的眼镜,之后又把眼镜戴上……最后才把那张纸按正确的方向钉好。

第9章
奥克罗夫特

"不行,你打算怎么办?"当迪欧娜跟瑞安一起走路回家时,她问道,他们两家就相隔几条街。

"我还不知道。下周有家长开放日,是吧?"

迪欧娜没有回答,她扭头看向别处。

"你还好吗?"瑞安问。

"我一会儿就好了。"迪欧娜说着,她紧闭双唇,仍然没有看他。

瑞安朝路那边望去。"哦,"他说,"奥克罗夫特!"

第9章 奥克罗夫特

瑞安可以看见远处奥克罗夫特的几座巨大高塔。奥克罗夫特也是一所学校,它在"防蠢办"的报告里总是比布拉克特·伍德学校的表现好得多。它是一所私立学校,去那里上学的主要是有钱人家的孩子,除了迪欧娜,她并不是富家子弟,但她很聪明,拿到了奖学金,以前就在那里上学。

不过,五年级上到一半,她就离开了。迪欧娜不喜欢谈论她在奥克罗夫特的日子。每当看见这所学校,她总是愁眉苦脸的样子。瑞安不知道具体原因,但他是个聪明的孩子,明白如果朋友不想谈论她的上一所学校,肯定有充分的理由。

"为什么我们不走另一条路去你家?"瑞安说着指向左边,"如果我们走那条路,就可以避开这所学校了。"

迪欧娜看着他:"可那意味着你要多走好几公里。"

"没有好几公里,再说了,我还可以趁这个机会告诉你有关我在开放日我的计划。"

迪欧娜眉头的愁云顿时消散,脸上浮起感激的微笑:"好的!谢谢你,瑞安。"

他们转了个弯,瑞安开始说他的计划。

"对了……我需要找你借点东西。"

第10章
本尼和比约恩(塔)

"下午好,家长们。"卡特先生说。

其实这是家长开放日,主要是让家长们对学校感到满意,但是卡特先生的语气却跟他在晨会时大同小异,因此大多数家长看上去都有点害怕。

"有三明治吗?"埃里克·斯通——埃莉和弗雷德的爸爸——悄声问他的妻子珍妮。此时,他们和其他家长都站在操场上。为了这个特别的日子,卡特先生坚持让学生们把操扬改造成了一个怡人的空间。平常它只是一长段柏油跑道,

第10章 本尼和比约恩（塔）

一头放着一个坏的攀爬架，但现在这里有座位和五颜六色的旗帜，还有一个本应写着"欢迎（WELCOME）来到布拉克特·伍德家长开放日"的巨大横幅。

可实际，上面写着"来好"（WELL COME），听起来像是学校希望那些不想来的家长也都过来。对于大部分家长来说，情况正是如此，埃里克和珍妮就是这样。

"培根三明治，可以吗？"埃里克继续说，他满怀希望地环顾四周。

"不行，埃里克！"珍妮生气地低声说，"这里可不是苍蝇馆子！这是学校！"

"感谢各位能在今天光临，"卡特先生继续说，"相当一部分家长都来了，这很好。不过，我会给没来的家长寄信。"

"天哪，"蒂娜·沃德压低声音说，她跟巴里的妈妈苏珊·贝内特对视了一眼，"我不喜欢他的态度。"

"谢天谢地，我们来了。"巴里的爸爸杰夫说。

"我相信你们的孩子——"卡特先生示意看他身后，二到六年级的学生一排排整齐地站着（按照布拉克特·伍德学校的标准），"已经告诉你们了，我要彻底改变这所学校，我要让你们以送孩子到这里来上学为荣。"

"同时也让这所学校不再被'防蠢办'评为不合格。"马尔科姆的妈妈杰姬·贝利轻声说。

"YBBI！"马尔科姆的姐姐利比说，她是被妈妈强拉来的，这时她一如既往地感到百无聊赖。她说话总是用缩略词。YBBI 的意思是"你们最好相信我"。

"没错！"卡特先生说，"你们最好相信我！"

利比有点惊讶，他居然听到了，而且还明白是什么意思。

"哦，是的，利比·贝利。我查看了所有档案，我知道你以前在这所学校就读，毫无疑问，你在这里学会了说缩略语……我认为，那是因为你在这里的时候，没有学好英语。"

"嘿！"利比立刻回应，"TITLU！"这句话的意思是"你这么说太不公平了"。

"但是，"卡特先生没有理会她，而是继续说，"这一切都会有所改观。好了，我们马上就进入校舍。不过在此之前，低年级的一些孩子要跟学校的宠物们表演一个节目。"

两个小班的学生，一个女孩和一个男孩，拿着一个盒子走上前来。他们后面跟着芬奇小姐，她身穿一件漂亮的连衣裙，看上去像是身着漂亮连衣裙的咕噜牛。还有满脸笑容的杰拉德小姐，她笑起来很可爱，但这也意味着可以看到她那糟糕的牙齿。

第10章 本尼和比约恩（塔）

两个孩子把盒子放在卡特先生前面的桌子上，他冲孩子们做了个鬼脸，也许他本来想要表示友好和鼓励，但看上去更像是他在发脾气。

女孩转向家长们，用最响亮的声音说道："学校的宠物是两只乌龟，来自奥威尔农场。"

然后小班的那位男孩说（他的声音很小很小，小得几乎听不到）："他们的名字是本尼和比约恩。很久很久以前，这是名为 ABBA 乐队里两个男人的名字。"

"是的！"女孩说道，她声音很大，大得让埃里克·斯通跳了起来，"ABBA！"

"不过，叫比约恩的那只乌龟实际上是女孩。"

"她是女孩！"

"我们要把他们拿出来，我们还要聊一聊乌龟吃些什么，他们可以活多久，还有照看他们的最好方法。"

一阵停顿，杰拉德小姐看着一边，身体微微晃动，说："哦！"说着走到前面，掀开盒子的盖子。

那个声音响亮的小班女孩举起雄龟。

那个声音很小的小班男孩举起雌龟。

有一会儿，大家都没有说话。

卡特先生皱起眉头。

杰拉德小姐说:"嗯?"

巴林顿先生摘下大大的眼镜。

所有的家长和学生都笑了起来——除了拿着乌龟的那两个学生以外,他们看上去很困惑。

因为那只雄龟穿着一条内裤,而那只雌龟穿着女式短衬裤,还戴着胸罩。

我说穿,我的意思是本尼——那只雄龟——壳上裹着一条内裤,男士经典的三角内裤,小号的。他的小腿从腿洞里伸出来。比约恩——那只雌龟——以同样的方式穿着一条印花女短裤,但她的上半身戴着一个小胸罩,就像是芭比娃娃穿的那种。

第10章 本尼和比约恩(塔)

两个孩子举着乌龟,乌龟的肚子正好面向笑成一团的家长们,这无疑让两只乌龟穿着内裤的情景显得更糟糕——或更好,这完全取决于人们怎么看。我得强调这一点,那就是没有一只乌龟被现场的情况所困扰。尤其是比约恩,对这套服装看起来很满意。这让她看上去更像一位女士,她的名字如果是比约恩塔,就更合适了。

但是,卡特先生看上去却一点儿也不开心。

"别笑了!"他对孩子们吼道。

他们马上不笑了。

卡特先生转过身来。"我说了……"他又对家长们咆哮道,"别笑了。"他们也马上不笑了,这时几乎能听见针掉在地上的声音,似乎新校长的恐吓控制住了局面。他转过身面对两个小班的学生,他们惊恐不安,仍然举着那两只乌龟,微微颤抖着。

也许因为这个原因,本尼的三角内裤缓缓滑了下来,落在了地上;比约恩则把小脑袋转过来,呆呆地看着。

每个人——家长、孩子和老师——都再次大笑了起来。

每个人——除了卡特先生,他轻蔑地朝四周看了看狂热的人们,并捡起了那条内裤,看了看裤腰里面。

"瑞安·沃德,"他用吓人的语气说道,"来我办公室。马上!"

第11章

什么惩罚？

瑞安·沃德环顾了一下校长办公室。当然,他以前来过这里很多次。可现在这个办公室变样了。卡特先生才接管短短一个星期,他就让福西特先生的办公室焕然一新——这个办公室之前总是布满灰尘、凌乱不堪,到处堆着书和报纸,如今时髦、干净又现代。过去棕色的墙壁刷成了亮白色。以前地上铺着一块旧地毯,上面还被咖啡染了色;现在上过蜡的地板闪闪发光,十分醒目。过去靠墙排列的沉闷的灰色文件柜也不见了。还有一张崭新的弧形银色大桌子,取代了福西特先生那张抽屉总是卡住的难看的木桌子。

"我想知道你为什么选择这条特别的内裤,瑞安?"卡特先生说。他坐在桌子边上,一条腿落在地板上,有点像办公桌目录上的模特。他旁边的桌子上放着一条内裤:正是本尼刚刚穿过的那条。

"这是最适合乌龟穿的,先生,"瑞安站在卡特先生面前说,"现在有点旧了。不过我三岁的时候,这条内裤很好穿。"

"嗯,"卡特先生说,"我没法相信你,瑞安。"他手往前伸,拿起那条内裤,尽可能举得离自己远一些。"我觉得你特意选择这条内裤,是因为里面缝着名牌。名牌上写着——"他把裤腰转向瑞安,轻蔑地看着它,"瑞安·沃德。"

"哦,先生。我妈妈非常看重名牌,她总是担心我丢东西。"

"也许,瑞安,也许……也或许你就是想被抓住。也许你想让大家知道是你主导了乌龟穿内裤的恶作剧,这个恶作剧毁掉了新校长的开放日。因为你以恶作剧为荣。"

说这话时,他把那条内裤拿到瑞安的脸旁。

"你把这个地方改造得很好。"瑞安说着用一根手指把内裤推开,这样他的视线不会被遮挡。

"什么?"

"这间办公室过去又闷又可怕,但你让它焕然一新,熠熠生辉。"

这一瞬间,卡特先生看上去高兴极了。

"别以为夸赞我的室内设计能力,我就会心软。不过,既然你提到了,没错,我很满意我们对这间办公室的改造。还有一些东西要清除出去——比如……"他说着,转回那张办公桌,拿起一个看上去很旧的小木盒,"建筑工人重新打理地板时,在地板下面发现了这个东西。"

"那是什么?"瑞安问,其实他并不真的感兴趣,只不过是想延迟即将到来的惩罚。

"这是一个音乐盒,可它似乎放不了音乐。"

瑞安眯着眼看了看这个盒子。盒子上面有一个奇怪的小标志,像两个弯曲的箭头组成的圆。卡特先生打开盒子露出机械装置——一连串关联在一起的金色小齿轮,不过它们一动不动,没有发出任何声音。

"总之,"卡特先生说着,把盒子放回桌上,继续用让人害怕的声音说,"我知道你在拖延。好了,瑞安。"

他深吸了一口气,凑近瑞安。

"你以为我来管理这所学校是在挑战你的淘气。你以为自

第11章 什么惩罚?

己会让这个实施新规定、态度可怕的严厉新校长看看你的厉害。但你得把这些都忘了,因为我会好好看着你。"

卡特先生的脸凑近瑞安的脸,非常近,近到瑞安可以闻到他刷牙过度的牙膏气息。他很坚决,虽然瑞安也是。瑞安直直地回看新校长愤怒的黑眼睛。

"可是,到底要怎么惩罚你呢?什么惩罚才能让你放弃这次小战役?我知道是你在策划!显然,那就课后留校吧。我们完全可以这么做,这个容易。这个星期你留校五次。"

"好的,先生。"

"显然,还要寄一封信给你妈妈。我已经写好了。在路上了。"

"好的,先生。"

"可这些都不能击退你,是吧,瑞安?并不能真的让你退缩并且反省吧?"

"我不知道。"

"我不知道,先生。"卡特先生从瑞安身边离开,朝门走去,"有些事情——确切地说有个人,你认识这个人,我想。"

他打开门——是迪欧娜·巴克斯特,她十分紧张地站在走廊里。

"我认为她可能是你最好的朋友……"

第17章
更令人恐惧的……

几秒钟后,迪欧娜就站在那张弧形银色桌子的前面——瑞安旁边。她看了他一眼,眼神充满了恐惧。瑞安朝她微微一笑,试图让自己看上去没什么事的样子。但他感觉胃在往下坠,就像妈妈在凹凸不平的路上开车开得太快时,他在车里的感受一样。

"我说得没错,是吧,迪欧娜?"卡特先生说,"你们两个是最好的朋友?"

"嗯……"迪欧娜说。卡特先生狠狠地盯着她。她显然不

第12章 更令人恐惧的……

想说谎,"是的。"

"我猜得没错的话,雌龟身上那件内衣是——"

这时,王老师走了进来。应该说,她是挂着拐杖走了进来,有些吃力地举着雌龟穿过的那条印花内裤。

"你的?"

迪欧娜垂下头。

"对。严格来说,那个胸罩是我姐姐的,是她最喜欢的偶季娃娃的。那是我父母送给她的圣诞节礼物。现在可以还给我吗?"

"这得看看再说。我很高兴你提到了你的父母。我们都知道——我相信瑞安也知道——你,迪欧娜·巴克斯特,去年才有条件地从奥克罗夫特转到这里。你被招进来的条件是你要能很好地融入这所学校。坦率地说,我觉得这件事——还有你一直跟瑞安结盟——都证明你并不能融入。"

迪欧娜的脸沉了下来,下巴颤动着。

"所以,"卡特先生说,"也许我应该给你父母写信,说你在这里并不合适。也许转回之前的学校对你更好——我相信你的奖学金还保留着。"

"拜托了,卡特先生,"迪欧娜说着,眼泪顺着脸颊流下来,"我在奥克罗夫特过得很不好!"

"哦,不会的,"卡特先生说,"那是一所极好的学校。"

迪欧娜哽咽了:"不是那样的,是……"

"什么?"

"嗯……我……他们……"她深吸了一口气。

她低下了头,没法继续说下去。

"他们欺负她,"瑞安说,"那些上流社会的孩子欺负她。你不能把她送回去。"

迪欧娜盯着他。

"你怎么知——"

"我猜的。没那么难。"

"哦,我很抱歉,迪欧娜,"卡特先生说。听起来他着实有点抱歉,但这并不会阻止他继续说下去,"在你把内裤借给瑞安·沃德让学校的乌龟穿之前,你就应该想到这一点!"

通常,这样搭配词语会让瑞安大笑出声。

但这次他没有笑。他只是严肃地看着迪欧娜,希望她不再哭泣。

他转回头看着新校长。

"可是,卡特先生——"他说。

第12章 更令人恐惧的……

"没有可是,谢谢你!你的恶作剧毁了我们的开放日!"

"那不是她的错,那是我的主意。我只是借了——"

"现在这么说太迟了,瑞安!"卡特先生说着,转过头。

"不,不是的,"瑞安说,"这不公平!"他在脑海中拼命搜寻着可以让新校长重新考虑的点子,然后说,"福西特先生不会这么做!任何公正的校长都不会这么做!"

卡特先生转向瑞安,眼睛眯了起来。

"哦,现在你想到了可怜的老福西特先生?福西特先生,他从这所学校辞职了——逃跑了,实际上,他还疯狂地尖叫'我自由了,我告诉你,自由'——主要就是因为你吧?"

"嗯——"

"他还是这里的校长时,你没有想一想这个可怜人的感受。"卡特先生摇了摇头,走到桌子的另一边,"不。你从没有想过,是吧?你没有想过管理这样一个地方是什么滋味!哈,你知道吗,瑞安·沃德?我希望——我真希望——你能知道那是什么滋味,在这样一所学校当校长……应付像**你**这样的男孩子是什么感受!"

他说"你"的时候,比他迄今为止说的任何词语的声音都大得多,他的拳头重重地砸在办公桌上,这更加令人恐惧。

这一拳也让仍然放在那里的音乐盒——跳了起来后又回落到桌上……

音乐突然响起。

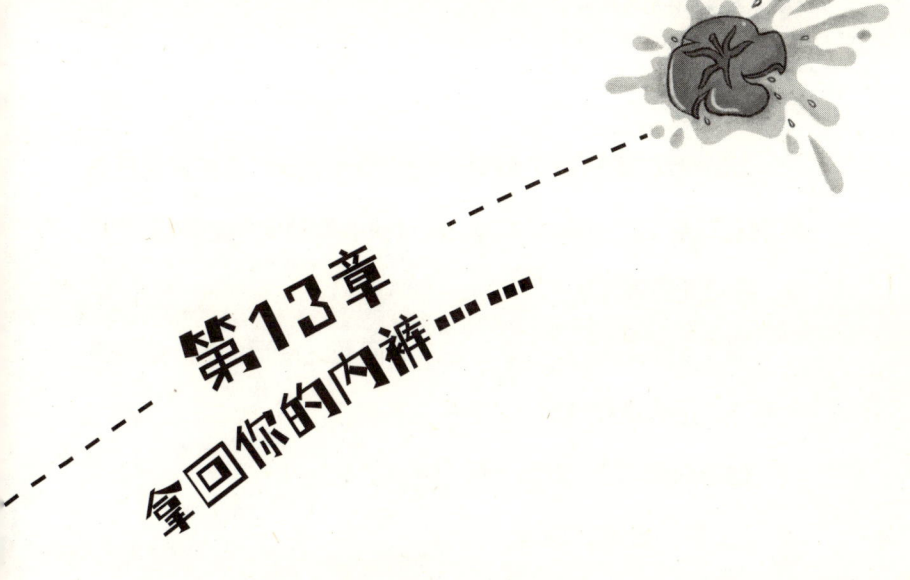

第13章
拿回你的内裤……

音乐的曲调很奇怪,在所有音乐盒播放的那种神秘的像鬼故事一样"叮铃叮铃"的风格中很出挑。它像是一首混合了《编玫瑰花环》《伦敦大桥垮下来》《三只瞎老鼠》的童谣,也有点像查理·普斯创作、梅根·特瑞娜演唱的《就像马文·盖伊所唱的一样》那首歌的影子。

"很怪。"卡特先生盯着音乐盒说。

"是的,"迪欧娜说,"《就像马文·盖伊所唱的一样》?怎么可能是那首歌?这个音乐盒年代久远——"

"不,我的意思是,"他说,"它没有上发条,我怀疑它很多年没上发条了。"他耸了耸肩,转过头看着瑞安和迪欧娜,"好了,我们说到哪儿了?"

瑞安和迪欧娜都不想回答这个问题。幸运的是,他们不用回答。因为就在这时,卡特先生昏倒了。

他的眼睛闭上,双膝一屈,倒在了地上。

"天哪!"迪欧娜叫道。

她转向瑞安,本以为会看到他一脸幸灾乐祸的笑。也许正因为他放了什么在卡特先生的茶里,或者做了什么恶作剧让卡特先生昏过去了。

可让人匪夷所思的是,瑞安也倒在了地上。

第 13 章 拿回你的内裤……

"哦!"迪欧娜说,"到底出了什么事?"

"我不知道!"这时王老师说,她一直站在办公室的角落里,"但我真的很希望你能拿走你的内裤。你知道我拄着拐杖,还要把内裤举起来真的很难。"

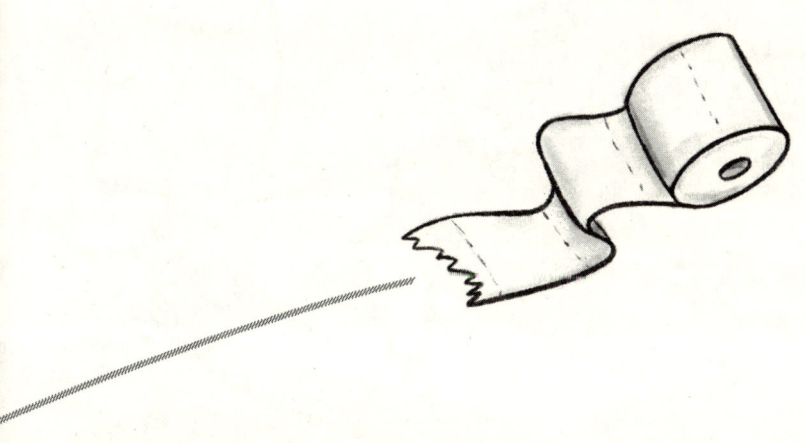

瑞安 卡特先生

瑞安 瑞安 卡特先生

瑞安 卡特先生 瑞安

卡特先生

瑞安 瑞安 卡特先生

卡特先生 瑞安 瑞安

瑞安 瑞安

卡特先生 卡特先生

第14章 邦邦邦明顿先生

"喂?喂?"

"他好像醒了。"

"哦,谢天谢地!他昏迷四个多小时了!"

瑞安眼前一道闪光。他眯起眼睛——很疼。事实上,他整个头都很疼。

"瑞安,瑞安?你能听见我说话吗?"

"可以……"他说,但眼睛仍然闭着。

他的声音听起来怪怪的,比往常低沉,而且……就是有点奇怪，他似乎带着陌生又奇怪的口音。但他以为这是之前那件不明事故的后果。可到底出了什么事？他只记得出事前自己在校长办公室里，然后他肯定是昏过去了。

"瑞安？你能听到我说话吗？"

"是的，我说了可以！"瑞安说。他睁开眼睛。俯身盯着他的是一个医生——一眼就能看出来，因为她拿手电筒照着他的眼睛。

突然，瑞安看见巴林顿先生隐隐地出现在医生旁边，眼睛被他大大的眼镜放大了。

"啊！谢天谢地！我们都很担心你啊，校长！"巴林顿先生说。

哦，好的，瑞安想。很明显，这只是一个梦。一个我在医院里的梦，巴林顿先生以为我是校长。也许会有什么好玩的事发生。

"没什么，邦明顿先生，"瑞安说，"我很好。"

"好的，好的。"巴林顿先生说。停了一会儿，他才转过身，杰拉德小姐就站在他旁边。

"他刚刚叫我……"巴林顿先生轻声问她。

"是的，没错。"杰拉德小姐说，"他头被撞了，肯定是一时

第14章 邦邦邦明顿先生

口误。"

"嗯,我想是的。"巴林顿先生有点迟疑地说。

"我很好,邦邦邦明顿先生!"瑞安说,"你也不用担心,噜噜小姐。"

"啊!"杰拉德小姐说。

"看来撞得很厉害,噜噜小姐。我是指杰拉德!"巴林顿先生说。

王老师一瘸一拐地走来了。"啊,你也来了,王老师——"

"是的,校长,"巴林顿说,"你看着明显还没恢复好,但起码你醒过来了。"

"是的,很好。"瑞安说。

"瑞安!你能听见我说话吗?"

这话让瑞安立刻坐了起来。病房另一边已经有人第三次叫他的名字了,这次他听出了这个声音。

这是他妈妈的声音。

他寻找着声音到底是从哪里传来的。出人意料的是,他看见自己的妈妈坐在一张床的旁边。

更令人惊奇的是,睡在那张床上的人——她正在对那个人说话——实际上就是他自己:瑞安·沃德。

第15章
啊 啊 啊 啊 啊 啊 啊 啊

"哇，这真是一个不可思议的梦！妈妈！嘿，妈妈！"瑞安叫道。

"哦，他在叫妈妈！"巴林顿先生说。

"嗯，还好他没有用粗鲁的名字叫妈妈。"杰拉德说。

"是的，但是他妈妈身体不太好，现在正在疗养院。"

这让瑞安犯起愁来。因为在他的梦里，巴林顿先生从没说过这样的话。巴林顿先生出现在他的梦里时，通常穿着小丑衣服，或者有一张猴子脸，而且会说："你今天可以放假，瑞安！"

第 15 章　啊啊啊啊啊啊啊啊！！！！

有时还会无缘无故、上蹿下跳地发出嘘声。如今巴林顿先生这样说，对于一个梦而言，这信息量也太大、太不合情理了。

这意味着……也许这不是梦。现在他完全醒了，他觉得这一点儿也不像梦。一切都变得清晰明朗、合乎情理。除了那边，在另一张床上，是另一个他。

"抱歉。"瑞安说着，起来了。

"这样行吗，医生？"王老师说，"他可以起来吗？我都过来了，您能再看看我的腿吗？"

可医生现在正在另一张床的旁边。另一个瑞安正躺在那张床上。

瑞安走到那边，他感觉自己比平常高。经过巴林顿先生身边时，感觉跟他差不多高。而通常，巴林顿先生的眼睛可是透过厚厚的大眼镜俯视他的。

因为穿着病号服，衣服上到处是开衩和敞口，他还注意到自己胳膊上的汗毛看上去比以前更浓密了。也许他变成了猴子？

"嘿！"来到那张床边时，他说。他妈妈坐在一张椅子上，握着那个睡着的男孩的手。医生弯下腰，用一个像小手电筒似的东西照着另一个瑞安的眼睛。可他还是没有醒过来。

他妈妈扭过头，一脸忧虑，疲惫不堪。看见瑞安，她一脸的轻蔑。

"哦,"瑞安的妈妈说,"我看见你醒了。"

"是的……"瑞安说着,感到非常困惑,"出了什么事?他是谁?"

他的声音怎么了?这个声音听起来不仅更低沉、沙哑,而且——不可否认地——带着苏格兰口音。

他妈妈站了起来。"啊,我简直不敢相信——你冲他大吼大叫,训斥他。更糟糕的是,我竟然不知道,我儿子是昏迷着从你办公室里被抬出来的。他可是个敏感的孩子。"

"是吗?"瑞安说。

"是的!更让人生气的是,你现在都不记得他是谁!"她指向睡着的那个人,"他是瑞安·沃德!6B班的孩子!"

这让瑞安感到很奇怪。他试图搞清楚发生了什么事,可他妈妈根本没有认出他来——而是大声地说床上的那个男孩是他。这让他很难过,甚至有点想哭。事实上,他正准备哭着说:"不!妈妈!我是瑞安!"这时杰拉德小姐正好过来了。

"对不起,沃德太太。显然,卡特先生脑震荡,还没恢复。我确信那就是他不记得瑞安的原因。对吗,校长?"

她说话的时候,瑞安从睡着的男孩床上的一面镜子里看

第15章 啊啊啊啊啊啊啊啊！！！！

到了"自己"。他看见杰拉德小姐正在跟谁讲话，但关键在于，他看见正站在他所处位置的那个人，看上去有点疲倦，而那个人看上去肯定像卡特先生布拉克特·伍德学校的校长。

他忍不住想要张开嘴尖叫，但在他发出声音之前，他听到——

"啊啊啊啊啊啊啊啊啊啊啊啊啊！"

他吃惊地从镜子里往下看。喊叫声来自刚才在睡觉的那个男孩。他没再睡，醒过来了。

"啊啊啊啊啊啊啊！"那是我！我在那儿做什么？"

就在这时，瑞安终于明白发生了什么事情。他完全不知道事情的缘由，但显然……他跟他的校长互换了身体。他，瑞安——在卡特先生的身体里，而卡特先生在瑞安的身体里。虽然令人惊恐又困惑，但瑞安还想到了别的事情。他完全可以让当前的形势有利于自己。

因此，他深深地吸了一口气，现在他开始有些喜欢上苏格兰口音了。他平静地对他妈妈说："沃德太太，我很抱歉。我的头磕得很严重，但现在我认出了瑞安·沃德。"

男孩的嘴巴仍然大张着，眼睛直直地盯着在卡特先生身体里的瑞安，同时还举起一根手指指着他。

"他就在那里。我在镜子里看他看得一清二楚——"他把那根举起来的手指扭转过来，让它正好指向自己，"我——卡特先生——布拉克特·伍德学校的校长。"

停歇了一会儿后，男孩再次大叫道："啊啊啊啊啊！"

第15章 啊啊啊啊啊啊啊啊！！！！

第16章
不是,安!

"但我才是。你必须听我说,沃德太太——"

"别再那么叫我!"

"好吧,蒂娜——"

"也不要这么叫。妈妈!我是妈妈!"

两天过去了。瑞安和卡特先生,在他们各自的交换身体里,出院了。在医生们看来,卡特先生似乎完全康复了。他们觉得瑞安还要花些时间。瑞安醒来后,不停地尖叫了好一阵儿,尤其是他看见卡特先生的时候。

第16章 不是，安！

在校长获准出院之后，那个男孩开始声称事实上他才是卡特先生，说发生了可怕的事情，他们需要叫一位专科医生过来。医生们面面相觑。一位医生对蒂娜说："我想我们可以联系一下值班精神科医生？"蒂娜说："别犯傻了！等事情恢复正常，他就会好的！"然后带他回家了。

可惜，他并没有好。他仍然在说……嗯，我来继续之前的对话。

"是的，我明白为什么你会认为你是我妈妈，蒂娜，但是——"

"妈妈，不要叫蒂娜。"

蒂娜说这话时并没有看他。她在给霍莉喂胡萝卜颜色的糊糊。

"克力，克力。"

"我们没有巧克力。你在哪儿看见巧克力了？"

卡特先生皱起（如今很年轻的）面孔，深深地吸了口气。

"问题是……妈妈……我并不是你儿子。我不是——"

"安！"霍莉说着，指向他。"不是安！"她哭了起来。

"瑞安，"蒂娜说着转向他，"你把霍莉弄哭了。"

"不是安！"

卡特先生直盯着那个孩子，她仍然抽噎着指着他。

"哦，我把她弄哭了？也许，以某种原始的预见性的方式，她知道我说的是实话，我不是瑞安，我是——"

"瑞安！我不想再听你说'我是卡特先生'了好吗？我不明白你为什么要玩说大话假装是校长的恶作剧，不管它意义何在。我不知道你在玩什么鬼把戏。我相信你的计谋巧妙，学校里的每个人都会觉得你很了不起。但我不在意。我要操心的事情太多了，我很累，我真的不感兴趣。"

"可是——"

"没有可是，非常感谢！"

卡特先生刚张开嘴巴，就意识到自己以前也总对孩子们说这些话，于是又闭上了嘴巴。

"把蔬菜吃光。"

"什么？"

蒂娜指着他的盘子："把蔬菜吃光。"

卡特先生低下头："呃，我不喜欢豌豆。"

"别傻了。"

"可我不喜欢！"

"克力！"

第16章 不是，安！

"豌豆是你唯一喜欢的蔬菜。这就是为什么所有食物我都搭配豌豆。"

"有甘蓝吗？我喜欢蒜蓉炒甘蓝。"

蒂娜瞪着他，摇了摇头，拿起宝宝的餐具，去水槽刷洗。

"我要坦白，沃——"卡特先生说。

蒂娜立马抬起头，眼睛里闪着怒火："妈妈。"

她继续刷洗。卡特先生从桌前起身，来到水槽边。

"我只是……我不知道该怎么说。我知道这听起来很荒谬，但是我……我名叫迈克尔·约翰·卡特，我四十三岁了。我从二十二岁就开始当老师。我教数学和科学。我的第一学位是物理，我还拿到了教育学位。"

"干得好，瑞安，看来你在网上仔细研究了卡特先生的教育背景。我相信这些信息网上都有。"

"不是的，我——"

"显而易见，我们都知道他除了是校长以外，没别的。他看上去很沉闷很严肃。"

"哦……"

"如果你能跟我说说卡特先生这个人到底是什么样的，我或许有兴趣听听。"

卡特先生张开嘴想要说话,但又皱了皱眉,这会儿他不知道该说什么。于是,他回到餐桌边,慢慢吃完他的晚餐。

"克力?"宝宝说。

"巧,巧,是巧克力。"卡特先生嘴里含着豌豆说。

"克力?"宝宝说。

第17章
瑞安 → ← 卡特先生

现在，正如你所知，瑞安和卡特先生神奇地交换了位置。他们经历了互换身体。因而，你阅读的时候难免会有点混乱不清。我希望这种混淆，可以成为一种乐趣——我要让你去琢磨谁在讲话，谁在思考。

但是依照我的一点经验：从现在开始，我写的卡特先生，我是指看上去像卡特先生，但实际上是瑞安的那个人。如果我写的是瑞安，我是指看上去像瑞安，但实际上是卡特先生的那个人。

当然，偶尔我也会提醒你谁是谁。除此以外，祝你好运。

图1: 认准谁是谁

第18章
小小修改

"请安静!"

又是晨会,又是巴林顿先生在讲话。王老师、杰拉德小姐和芬奇小姐又一次坐在会场的后面。卡特先生又一次背对着孩子们。孩子们则盘着腿坐在地板上。

"早上好,孩子们!"巴林顿先生说。

"早上好,巴林顿先生!"

巴林顿先生看向会场的另一边。他看见瑞安·沃德坐在那里,可他没有听见瑞安叫"邦明顿"。此外,瑞安的领带似乎刚好系在了衬衣最上面一颗纽扣的上方。这让巴林顿先生有点困惑，虽然他很高兴自己在走廊说的话起了作用。

"孩子们，我相信你们想跟我一起欢迎校长康复归来！"他继续说。

所有的孩子都安静了下来。但看起来没人真的想欢迎校长回来。

"我说，我相信你们想欢迎校长回来！"

"欢迎回来，卡特先生！"孩子们既不热情，声音也不整齐。

就在这时，卡特先生终于转过身来。可这次转身跟他在这学期的第一次晨会上明显不同，那一次缓慢、吓人并且富有戏剧性。

这次转身很快。

卡特先生伸出双臂，踮着脚打转儿，脸上带着灿烂的笑容。这有点……像演戏，仿佛他正在英国黄金时段的节目《卡特先生的疯狂之夜》上表演。虽然他还是穿着那套黑西装，奇怪的是，领带不像平常那样系在最上面扣子的上方，而是松散地垂下来，甚至没有打好结。

"嘿，布拉克特·伍德学校的孩子们！"卡特先生说，"你们还好吧？"

第18章 小小修改

沉默、困惑。孩子和老师，很多人都皱起了眉。

"我说……"卡特先生说，"嘿，布拉克特·伍德学校的孩子们！你们还好吧？"

仍然一阵沉默，除了后面有个声音，大概是从瑞安坐的地方传来的，并没有说什么，但呻吟了一声。

随后其他孩子迟疑地说："您好吗……卡特先生？"

"我很好！对了，邦明顿先生，非常感谢你，今天在这里担任开场嘉宾。"

孩子们都笑了。巴林顿先生抬起头，一脸不解。

"让我们为邦明顿先生喝彩！"卡特先生继续说着，然后大声鼓掌。孩子们哄地笑了起来，也一起鼓起掌来。

"对不起，卡特先生，"巴林顿先生走近他，轻声说，"我注意到您在医院也犯了这个错误——我的名字是巴林顿。巴林顿。"

"邦明顿·巴林顿？"

"不是的，不是邦明顿·巴林顿。我姓奥托。"

"我明白了。"卡特先生停了停，似乎想用新眼光打量巴林顿先生，"真的吗？奥托？"

"是的。"

"你的中间名是什么？"

"欧内斯特。"

"好的，知道了。"他回头看着台下的孩子们，"让我们为奥托·欧内斯特·巴林顿鼓掌！"

孩子们全都笑个不停。

"他们在笑什么？"巴林顿先生问王老师。

"好了！"卡特先生说，"在第一次晨会后，我们制定了一整套全新的规章制度。我要做一点修改。芬奇小姐？"

"嗯，什么？"芬奇小姐说，她看上去惊恐不安——有点像咕噜牛，但她确实也惊恐不安。

"别担心，芬奇小姐。"卡特先生说着，递给她一张纸，那是巴林顿先生钉在走廊布告牌上的那张纸，"这片森林里没有老鼠。"

"什么？"

"没什么。请宣读一下新规则好吗？一条一条地说。"

芬奇小姐低下头，咳嗽了一声，读了起来。

"着装：所有孩子穿校服，要整洁得体，系好领带。"

"好的。如我所说，要做些小改动，"卡特先生说，"所有孩子想穿什么就穿什么。确切地说，着装最搞笑的孩子得到的奖励分最多！戴着滑稽帽子来上学的孩子会得到特别的荣誉。"

第18章 小小修改

坐在卡特先生后面的教职工都皱起了眉头。可孩子们却很喜欢校长的这个新版本校规,都开怀大笑,有些孩子甚至鼓起掌来。而这时,卡特先生却跑下台,这更让老师们蹙眉。之后他跑回来说:"也许像这样的一顶!"

只见卡特先生戴着一顶大礼帽。去年学校的圣诞演出,斯克鲁奇[1]戴的就是这顶帽子。另外还有四个维多利亚时代的角色也戴过这顶帽子。噢,帽子前方还别着一张那两只乌龟本尼和比约恩的照片,照片上是两个小班孩子举着穿着内裤的乌龟。

孩子们哈哈大笑。笑声渐渐停止时,卡特先生又貌似煞费苦心地鞠了个老派的躬,摘掉帽子,并举着它在身前挥舞。

接着他直起身,说:"继续宣读吧,芬奇小姐!下一条规则!"

从会场后方,瑞安坐的地方,又传来了一声哀叹。

---

[1] 斯克鲁奇:英国作家狄更斯小说《圣诞颂歌》中的人物,是一个令人厌恶的老吝啬鬼。

第19章 布拉克特·伍德快闪族[1]

芬奇小姐吃惊地看了看卡特先生,然后才回头看写着规则的那张纸。

"好的。下一条是不允许在走廊里奔跑……"

"同样的,小改动,"卡特先生说,"走廊里只能奔跑、喊叫,互相碰撞。我希望那里就像一直在打橄榄球比赛一般。一旦发现任何人在去下一堂课教室的路上默默地、严肃地、缓

---

[1] 快闪族:通过手机或电邮相约同一时间在公共场所速聚速散的一大群人。

第19章 布拉克特·伍德快闪族

慢地走路,立即留堂。"

孩子们热烈地欢呼起来。

"下一条规则,芬奇!"

"好的……总是在课堂上回头,老是在课堂上发出不必要的愚蠢噪声的学生将受到严厉的惩罚。"

"谢谢你。这条我可要问问孩子们。孩子们,你们觉得这一条我们应该怎么修改?我们可以天马行空,畅所欲言。"

"所有的孩子应该尽可能地在课堂上回头?"巴里·贝内特叫道。

"太棒了,巴里!好规则!就这么办。孩子们每回头一次得到一个奖励分。如果有人在课堂上转得跟陀螺一样快,那他就能得到额外的一万奖励分,可以到学校办公室兑换……你们觉得呢?"

"十英镑!"马尔科姆·贝利叫道。

"还得付现金!就这么定了。你真棒,马尔科姆!"

"所有的孩子可以在课堂上尽己所能地发出不必要的愚蠢噪声?"斯卡利特说。

"我们想得很对路!虽然有人不这么认为——能看出老师们很忧虑……"

没错。巴林顿先生、王老师和芬奇小姐看上去都很惊慌。就连通常在晨会上呼呼大睡的杰拉德小姐看上去也忧心忡忡。

"……担心我是个疯狂的暴君。我并不是说孩子们弄出不必要的愚蠢噪声就该得到奖励。老天也不允许。"

"谢天谢地,"巴林顿先生轻声对王老师说,"他恢复了理智。"

"不。那必须是不必要的好玩的愚蠢噪声!比如……你们有什么建议?"

很多人举起了手。卡特先生环顾四周,用手指着说:"弗雷德?"

弗雷德发出了嘘声,引得一阵大笑。

"有点意思,但还是不足为奇。有别的吗?阿尔菲·穆尔?"

阿尔菲发出了尖利的狂吠。引得更多的笑声。

"好极了。对我管用。嘿!莫里斯!莫里斯·福西特!你爸爸走了,你还在这里!你有什么点子?或许该说,你有什么奇怪的声音?"

第19章 布拉克特·伍德快闪族

莫里斯张开嘴,发出吵闹的声音,介于含漱声、尖叫、饱嗝和真假嗓音反复变换的唱腔之间。一时很难用文字描述,不过它有点像:

"卜啦啦呵呵呵咯咯咳咳哼哼嗯嗯嗯嘤嘤嘤啰啰哟哟嚯哟哟啪!"

随后一阵短暂的沉默,原来有几个人担心莫里斯也许因此很痛苦。可他笑了,似乎很得意,于是大家也都笑了。

"太好了!你刚刚为自己赢得了一万奖励分!"

"卡特先生,那是给在课堂上转得像陀螺一样的孩子的奖励吧?"芬奇小姐说。

"哦,芬奇,你真是个死脑筋!"他转回去面对孩子们,"好的。这些就是我对规则的一些基本修订!后面还会有一些其他改动，但今天就到此为止吧。"

巴林顿先生再次靠向王老师，低声说：

"谢天谢地，起码现在我们可以正常上课了——"

"到此为止，因为今天——"卡特先生说着从口袋里拿出一个遥控器，"学校放假了！"

会场响起巨大的欢呼声。卡特先生按下了遥控器。很快，音乐播放了起来。那是由查理·普斯创作，梅根·特瑞娜演唱的《就像马文·盖伊所唱的一样》。

"嗯？"巴林顿先生说。

"什么？"王老师说。

"哦，好的。"杰拉德小姐爽快地回应，她家里刚好还有一瓶昨天开的酒。

卡特先生跳起舞来，跳得比大家想象的还要好，有些动作还很酷。孩子们比以往欢呼得更大声。大部分孩子站起身来，也跳起舞，他们就像是布拉克特·伍德快闪族。

巴林顿先生站起来，拍了拍卡特先生的肩。

"校长，"他说着，他想凑近卡特先生的耳朵——这很难，因为卡特先生跳舞时耳朵动个不停，这意味着巴林顿先生也得跟他一起跳舞，好对他耳语，"这样做明智吗？过两个星期

第19章 布拉克特·伍德快闪族

'防蠢办'就要来了。这些新规则暂且不提,可是突然给全校师生放一天假……这可对应对检查一点用都没有。"

"是的,你说得太对了,奥托。"卡特先生说着举起一只手在空中旋转,不幸把巴林顿先生的眼镜撞掉了。

"噢!"

"嘿,各位!"卡特先生不再跳舞,他再次按下遥控器按扭。音乐停止了。孩子们也跟着停了下来,纷纷抬起头。"奥托提醒了我,我们遇到了点小状况——'防蠢办'要来了,这件事情迫在眉睫,需要认真对待,我希望大家明天早上九点回到学校等待上课。准时到达!老师们也是。"

满场哀叹声四起,这阵疯狂的欢乐只是一瞬间,很快一切又会回到正常。

"可不是嘛!"巴林顿先生跟着说,虽然很难听到他的话,因为他背对着孩子们,趴在地上,努力地寻找着自己的眼镜。

"还有一个小问题,"卡特先生继续说,"我希望明天所有的老师——"他转向坐在他后面的老师,"你们所有人,还有你,邦明顿先生——"

"巴林顿!"

"无所谓……你们都要坐在教室里,坐在桌子前面,就像学生们那样。杰拉德小姐,请你从小班挑选一些学生,由这些学生代替你们当老师!"

又一阵停顿。巴林顿先生仍然趴在地上,听到这话他闭上了眼睛。而王老师的眉头皱得更深了。杰拉德小姐不解地说:"什么?"

可没有人听到这句话,它被此时晨会上孩子们的欢呼声盖过了。

哦,所有的孩子,除了站在后面的一个孩子。他不再呻吟,而是开始思考。

第20章
淘气的垃圾桶

尽管对都铎王朝并不太感兴趣,但迪欧娜·巴克斯特还是非常喜欢这两节特殊的历史课。

通常,巴林顿先生没办法让1485—1603年这个阶段的历史这么有趣;再说了,他通常也不会坐在教室前面的一张小椅子上,腿很是别扭地挤在对他来说太矮的桌子旁边,看上去很不舒服。

通常,6B班的老师也不会像今天这样是一个叫卡斯珀的四岁男孩——选择教伊丽莎白一世时期的政治斗争与教会改革,实际上他站在讲台上一遍遍地唱儿歌《巴士上的轮子》。

而且,他只唱有关婴儿的那句。

这就是正在发生的事情。卡斯珀——就算对于一个小班孩子来说,也很小——他那头金黄的头发,一看就是瞎剪的。这节课开始后,他就翻来覆去地唱这个。如果是在别的场合,这会让人非常恼火。可是在历史课上,这很滑稽。

再说了,大家能看出这一切让巴林顿先生心烦意乱。

"卡斯珀!卡斯珀!"巴林顿先生大声说。

"……哇、哇、哇!哇、哇、哇!哇、哇、哇!"

"好的,我明白了。我们都明白了。"

第 20 章 淘气的垃圾桶

"公车的轮子……"

"唱《亨利八世的妻子们》怎么样?我们可以唱那首歌。"

迪欧娜忍不住笑了。她转向瑞安,他就坐在她旁边。她注意到他没有笑。

"真是太搞笑了,不是吗,瑞安?"

"对,"他说,"哈哈哈哈哈。"

迪欧娜疑惑地皱起眉头。"你干吗要这样?"

"什么?"

"嘲讽地笑啊。人们不觉得好笑时才这样笑。"

她看着瑞安。整个早上他都有点怪怪的。他几乎没说一句话,即便卡特先生从医院回来后,整个学校变得如此疯狂。现在,连他看她的眼神也很诡异。通常情况下,瑞安的眼神明亮、活泼,充满乐趣,而此刻他的眼神……介于愤怒和呆滞之间。最奇怪的是,他的领带竟然系得好好的,稳稳地在最上面那颗纽扣的上方。他这是怎么了,我的天啊?

"哈哈哈哈哈,"他继续说,"这样可以吗?"

"求你了,卡斯珀,"巴林顿先生恳切地说,"也许你可以唱点儿别的?"

卡斯珀皱起眉头,然后脸上露出喜色:"车上的雨刷嗖,嗖、嗖、嗖、嗖、嗖、嗖、嗖……"

全班哄堂大笑,但迪欧娜注意到,瑞安居然只是在一旁观望,面无表情。

"怎么了,瑞安?是因为卡特先生制定了这些好玩的规则,让你想不出方法捉弄他了吗?"

"不,迪欧娜。不是那个原因。"

"我现在很喜欢他。他以前看上去很可怕。"

"毫无疑问!"瑞安疲倦地说,似乎这么说很古怪。

"哦,那是因为什么呢?"

"巴林顿先生!巴林顿先生!"

"嗯,卡斯珀?"

"你要模仿雨刷!每个人都模仿雨刷!你也得模仿雨刷。"

"我吗?真的?"

卡斯珀又皱起眉头,停了很长一段时间。

"是的,"最后他说,"因为我是你的老师!"

巴林顿先生重重地叹了口气。"嗖、嗖、嗖。"他说着,缓缓地举起食指,左右摆动。

"好吧,迪欧娜,"等她笑够了,瑞安说,"其实需要担心新校长和他疯狂规则的我,并不是真正的我。"

第20章 淘气的垃圾桶

"对不起,又怎么了?"迪欧娜说。

"你或许记得'防蠢办'要来核查这所学校。"

"不,瑞安。我不记得'防蠢办'要来核查这所学校。"迪欧娜说着,她拿腔作势地模仿他说话的腔调,虽然还是瑞安的声音,但是平添了奇怪的浮夸元素。

"你应该记得。因为如果,因为卡特先生——"瑞安露出痛苦的表情,似乎他不知道接下来该怎么说,"很奇怪地改变了态度,让这所学校再次被评为不合格的话,这所学校很有可能被关闭。"

"哦……"迪欧娜说,她根本就没想到这一点。

瑞安接着点了点头。"看来你有些理解了。因为到那时,你就得回到奥克罗夫特去,不是吗?"

最后一句话他说得很大声。这让迪欧娜想起卡特先生总会突然莫名其妙地大喊大叫,那的确很可怕。

这让所有人都不寒而栗。就连卡斯珀都不再唱了,他看上去像是要哭了,并且一脸哭相地说:"你!是个淘气的男孩。你必须打屁屁。"

"什么?"瑞安说,"打屁屁?"

卡斯珀想了一会儿。

"惩罚！"他说，"你必须打屁屁。惩罚！去淘气角！"

"好的，谢谢，"瑞安说着，站起身，"那是哪里？我不确定 6B 班有淘气角。"

这可把卡斯珀搞糊涂了，因为在小班的确有淘气角。他环顾四周后表情舒展开来。

"就在那里！"卡斯珀用手指着说。瑞安循着他的手指指的方向。

"你想要我坐在……垃圾桶上？"

"淘气桶！淘气桶！淘气桶！"

瑞安的内心——我说瑞安的内心时，是指卡特先生——叹了口气。

卡特先生一贯循规蹈矩，不管那是什么规矩。而现在卡斯珀是老师，让他去坐在垃圾桶上。

于是他照做了。他的同学们开始鼓掌、大笑并且唱歌。"淘气桶！"卡斯珀也一起唱着，在瑞安身体里的卡特先生走到垃圾桶旁边，扑通一声坐在一些揉成一团的彩纸和半截蜡笔上，全班爆发出巨大的欢呼声。

至少，他心想，我的屁股比垃圾桶小一点，不然我都坐不进去。

第20章 淘气的垃圾桶

实际上,并不是所有同学都在鼓掌、大笑、大声叫好。迪欧娜·巴克斯特呆呆地盯着地面,心有余悸。

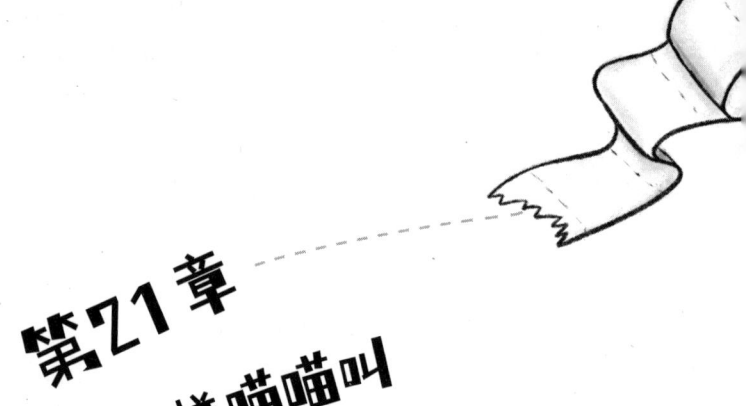

第21章
像猫一样喵喵叫

这真是太棒了！卡特先生想着（内在是瑞安——只是核实一下）。

他边反复思考，边大踏步地走过布拉克特·伍德学校的走廊，留神观察着——实际上，他必须东躲西闪——因为一个又一个孩子像陀螺一样一圈又一圈地从走廊上旋转而过，时不时地撞上其他在旋转的孩子，而另外一些孩子口无遮拦，想到什么就喊什么。

听得到"屁屁""屁股""小鸡鸡"，还有一些妙语——他清

第21章 像猫一样喵喵叫

楚地听到有人叫"拉搭搭搭",其他人说,"尼基纳基傻"(我说妙——其实并没有那么妙)。

许多人穿着搞笑的衣服:有些人扮成小丑,有些人扮成猴子,有些人甚至扮成大卫·沃廉姆斯[1]书中的人物!莫里斯·福西特戴着有趣的帽子,他把网上的一张猫在吃香蕉的滑稽照片粘贴在了帽子上。卡特先生经过时,好心地帮他把帽子转到了正确的方向。

他拐了个弯,更多疯狂的孩子们迎面跑了过来,撞到他,撞到彼此,而且大喊大叫。这让他不禁大笑。就在那时,大部分孩子都进入了教室,除了一个人,撞上了他。这个人并不是个孩子,而是杰拉德小姐。

"哦,对不起,杰拉德小姐。"卡特先生说。

"没四,校长。"杰拉德小姐说。准确来讲,她并没有说出来,而更像一些含混不清的糊话。卡特先生注意到,今天她的牙齿很黑。

他还注意到她没有后退。实际上,正相反,她本可以不撞到他,但还是撞向了他。她的脸离他的脸非常近。

"我说,校……能再说一次你姓什么吗?"

---

1 大卫·沃廉姆斯:英国喜剧演员、编剧和儿童作家。

"哦……"卡特先生意识到实际上自己并不知道。他猜了猜,想到了进入脑海的第一个名字,"杰拉德。"他顺口一说。

"对,那是我的名字,"杰拉德小姐说,"你姓什么?"

"是这样,"卡特先生说,想到也许这不是一个好主意,可觉得现在再换一个太晚了,"我姓……杰拉德。"

"噢!"杰拉德小姐大声说,"真让人难以相信!"然后她开怀大笑起来,露出黑黑的牙齿。卡特先生不知道该怎么做,也笑了起来,但明显感到有点不自在。

"杰拉德,"她表情突然严肃起来,皱着眉头说道,"你对这所学校采取的措施让人大吃一惊。破旧立新。很好,不同寻常。"

"哦,谢谢。"

"那么,杰拉德,如果哪天你想出去更详细地谈谈你的计划,就……"她用另一只手比画着打电话的样子——非常拙劣。

"哦,好的,没问题。"

"我很擅长处理细节……"她说着,眨了眨眼。

"好的。"卡特先生回道。杰拉德小姐看上去一副迷迷瞪瞪的样子,"你还……好吗,杰拉德小姐?"

"哦,很好!我感觉好极了!你的演讲让我忍不住想庆祝。昨晚我和朋友外出庆祝了一番,结果一整晚我就睡了一

第21章 像猫一样喵喵叫

小会儿。你并不是只想让孩子们疯狂,是吧?"

卡特先生不由得皱起眉头。他真没想到他的话会鼓舞老师。他觉得应该好好思考一下了。这时,杰拉德小姐突然伸出手臂,也像陀螺一样旋转起来,像猫一样喵喵叫。

卡特先生本能地躲闪,可速度还不够快,结果杰拉德小姐直接倒在他身上,而且笑得歇斯底里。最后他们都摔到了地上,她还压着他的脸。

"噢!卡特先生!"她一边笑着,一边尖声说,"我没想这么疯狂的。"

他试图从她身下挣脱出来,而她却冲他眨了眨眼。

"你觉得呢,格里?我能叫你格里吗?近期想要讨论一下细节吗?"

"啊……"他说,感觉自己出汗了,很不舒服,散发出一种他不习惯的味道。这时,感谢上天——确切点说,他自己的新规定——他听到从附近一间教室里传来了一阵喧哗声。

"哦……身为校长,杰拉德小姐,我得去看看出了什么事!再见!"

他朝那扇门冲去,而杰拉德小姐还躺在地上。她缓缓地闭上了眼睛。

第22章
要上下一节课了

卡特先生听见的喧哗声是6B班孩子们的喝彩声,是瑞安掉到垃圾桶里了,他们个个都很开心。不过,当他打开门时,卡斯珀似乎忘记瑞安在那里了,他开始在黑板上画一连串的房子,而所有房子上面都有一个太阳,看上去就像一只只大蜘蛛。

"嘿!"卡特先生说。

大家四下张望。他身后,杰拉德小姐伸开手脚躺在走廊地板上,鼾声阵阵。看见这一幕,一两个小学生皱起了眉头。

"早上好,卡特先生!"其他学生异口同声地说。

第22章 要上下一节课了

"你们好,我最喜欢的年级!"他说,"出什么事了?噢!卡斯珀教得很好——干得好,卡斯珀!"

"突、突、突、突,公交车上的喇叭——"

"哔、哔、哔。确实。是这样。"他仔细看了看教室,他的目光停留——对她来说是这样——在了迪欧娜身上。事实上,卡特先生似乎在对她笑。她四处望了望,以免自己搞错了,也许他是冲她身后的某个人在笑呢。这很可笑,因为我已经说过,她跟瑞安坐在教室的最后。

无论如何,她回头看时,卡特先生已不再对着她笑。他扫视着班上其他孩子。

"好了。6B班有人缺席,是吗?他在哪里?瑞安·沃德在哪里?真奇怪。他似乎消失了。他消失得无影无踪!他的位置上根本找不到他。"

"我在这里。"瑞安·沃德疲倦地回应。

卡特先生转过身,笑了。

"噢,你在那里,在垃圾桶里!你在那里做什么呢?"

瑞安盯着他,脸上是这种表情:你一进来就看见我了——为什么要惺惺作态?"哦,校长……"他重重地说出这个词,"就连卡斯珀,一个四岁的孩子,也能看出我——"说到这里,他用更加凌厉的眼神盯着卡特先生,"瑞安·沃德,我该怎么说——是垃圾。是的,就是这个词,垃圾。卡斯珀看着我,瑞安·沃德,想到瑞安·沃德的所作所为,显然觉得只有一个地方适合我——瑞安·沃德。"这时,他那冷酷严厉的目光转向了卡斯珀,"是吧,先生?"

卡斯珀一时似乎不知道说什么好。他直说:"嗖、嗖、嗖?"

"妈妈们都这么说,是的。"瑞安说。

"另外,"卡特先生说,瑞安的话好像让他有点儿受惊,"这么说对你是好事……瑞安。也许你不出声是好事。因为,老实说,我觉得你……嗯,我觉得你自尊出问题了。"

"是嘛!"瑞安说。他说的可不是一个问句。

"是的。嗨,"卡特先生说着,伸出一只手,"让我把你拉出来。"

瑞安再次盯着他。"不用了,谢谢。我自己可以出来。"

他简直不费吹灰之力就出来了,并走回他的座位。

随后出现了一阵令人局促不安的沉默。这时卡特先生的精力似乎恢复了,他笑容满面地看着同学们。

"很好!一切都解决了。好了,我知道卡斯珀讲历史讲得不错,但该上下一节课了:体育!"

第22章 要上下一节课了

大家面面相觑。巴林顿先生——艰难地,看上去非常痛苦地——从那张小椅子和太矮的桌子前起身。这可比瑞安从垃圾桶里爬出来慢得多,也笨拙得多。他把两条腿伸向右边,把自己推了出来,然后彻底地滑到地上,接着跪在地上,"啊"了半天,才费力地站起来,并把自己身上掸干净。

"抱歉,卡特先生,"他重重地喘了几口气后说,"你可能忘记了——我们只在星期三下午上体育课。"

"哦,对,我忘了。稍等一会儿,我看一下日程表。"

卡特先生从口袋里拿出一张纸。他专注地看了一会儿,说:"嗯,不过这张表显示……"

他把那张纸转过来,面向巴林顿先生和全班同学。上面用大写字母写着:动起来,邦明顿!

全班哄堂大笑。

"哦!"巴林顿先生无奈地说。

"大家都到操场上去!"卡特先生说。

第23章
《如何当校长》手册

全校都站在操场上。"全校"——我指的是每个学生。"站在操场上"——我的意思是站在操场的一头。另一头是老师们。中间是卡特先生,他的脖子上挂着一个裁判哨子。

"好了!"卡特先生喊道,"是时候玩……英国斗牛犬了!"

"哦,天哪!"王老师说。

"我猜到了。"芬奇小姐说。

"好极了!"杰拉德小姐说着,歪歪扭扭地绊了一跤。

"显而易见,老师对学生!"卡特先生喊道。

第23章 《如何当校长》手册

老师们——人数远不及学生——都倒吸了一口气。

"你们知道规则!每一边都要尽可能地让更多的人到另一边!每一边都必须阻止对方这么做!可以采取任何方式!"

"抱歉!"巴林顿先生说。

"嗯,邦——"

"别叫我邦明顿!拜托!"

"哦,好的。"

"这公平吗,先生?他们人多得多。"

"是的,可你们更高大啊。"

"嗯……"巴林顿先生迟疑地说,然后扭头看了看那些大点的孩子,他们中有些人满怀期待地伸展着身体,做热身运动,"我不知道。"

"咕噜牛肯定是。"

"他说的是谁?"芬奇小姐说。

"但是,嘿!"卡特先生说,"我考虑过这个问题。我想到了一个办法,让英国斗牛犬这个游戏稍有不同!这可能有帮助!"

他把挂在脖子上的银哨放进嘴里,用力地吹起来。斯卡利特和斯特林突然出现了,各在操场的一边。斯特林抱着一个盒子站在老师们前面。斯卡利特抱着一个类似的盒子站在

115

孩子们前面。

"网络宝宝——我指的是斯卡利特、斯特林!感谢你们的帮助!好了,规则是这样的。盒子打开的时候,会有东西从每个盒子里出来。那个东西就是你们的队长、领队。不允许任何人跑在那个东西前面。所有队员必须待在那个东西后面。明白吗?"

全体师生都皱起眉头,但卡特先生已经抬起手臂。

"哨声一响,游戏就开始。那时,斯卡利特和斯特林就会打开他们的盒子。好了……"

他使劲儿地吹起口哨。

斯特林打开他的盒子,乌龟本尼跑了出来。斯卡利特打开她的盒子,乌龟比约恩跑了出来。

本尼一动不动。比约恩则伸长脖子环顾四周,非常缓慢地向前移动。

"开始吧,队员们!"卡特先生喊道,"加油!英国斗牛犬!"

"干什么?"埃莉·斯通喊道。

"跟着你们的队长!模仿你们的队长!"

说着,卡特先生模仿起乌龟。他猫着腰,双臂一弯,慢吞吞地向前移动,同时抬起头,四下张望,似乎在寻找肮脏的生菜叶子。

大家都在旁边惊奇地观望。不得不说,这是大多数人——学生和老师——在《如何当校长》手册里找不到的行为,如果有这样一本书的话。

"来吧!"他用低沉而沙哑的声音喊道,这意味着人们必须像乌龟一样。

孩子们——巴里·贝内特、杰克·卢卡斯、塔杰、埃莉和弗雷德·斯通、伊丝拉和莫里斯·福西特、斯卡利特和斯特林,以及马尔科姆·贝利(出于某些原因,他似乎尤其擅长)——全都慢慢地模仿他,像乌龟一样走起路来。

"来吧,老师们!喂!"卡特先生说,现在他手脚并用地往前爬,"像乌龟一样往另一边爬!不然你们就输了!"

巴林顿先生看着芬奇小姐,芬奇小姐看着杰拉德小姐,杰拉德小姐看着王老师,王老师则耸了耸肩,她低下头,把拐杖伸出来。他们都在比约恩后面龟行,朝对面正在龟行的孩子们前进。实际上效果还不错,因为乌龟一点一点地前行的样子就像他们一直拄着拐杖一样。

第24章
我不叫多琳

一个小时后,午饭时间到了。没人赢得英国斗牛犬比赛——本尼偏离操场往稀疏的草地爬去,寻找零星的绿草,总的说来……这意味着孩子们那队必须跟着它去那里。而一片嘈杂声吓到了比约恩,她缩回壳里,这意味着在操场的另一边,老师们得把手握成拳头放在头上。可这很有趣,每个人——就连巴林顿先生——都有点喜欢这个游戏。

餐厅里,食堂女职工们像往常那样拿着银盘和大勺子排成一行。孩子们也全都跟往常一样等着他们的食物。不同寻

第24章 我不叫多琳

常的是,卡特先生站在女职工们的前面,装扮成了厨师的样子——一个体面高雅的老派法国厨师,他戴着一顶白色高帽,系着一条围裙,拿着一把大勺子。

"很好!在操场上干得很好!"

"谁赢了,卡特先生?"阿尔菲·穆尔嚷道,"孩子还是老师?"

"嗯,我得说是乌龟。不过现在我知道你们肯定胃口大开,所以希望你们能享用午餐。对于午餐的选择,我进行了一些特别的小改变。"

餐厅里响起一片喊喊喳喳的谈话声。

"莫里斯!今天星期几?"卡特先生继续问道。

"哦……"

"好极了,巴里?"

"星期一!"

"对!星期一的菜单上有什么菜?"

"炖菜和土豆泥。"

餐厅里响起一阵混合着"呃、呃、呃、呃"的叹息声。

"不完全正确。至少,我得说星期一的菜单上不是炖菜和土豆泥,而是……屎和土豆泥!"

大家哈哈大笑起来,尤其是一到三年级的孩子,对于他们来说，跟屎和尿相关的一切事情都会让他们笑得停不下来。

"好了……"卡特先生转向一位女服务员——一个胖胖的女人，灰白的头发盘在脑后，"如果你不介意，多琳……"

"我不叫多琳，我叫莉萨。"

"好的，抱歉。"

"你刚刚说的名字，听起来就像女服务员。"

"是的，你说得很对。那么，莉萨……你能揭开今天主菜上的盖子吗？"

莉萨自顾自地点了点头，有点夸张地把手放在不锈钢盖子上，揭开了盖子："炖菜！"

屋子里传来一阵大失所望的叹息。

"啊！这是炖的什么汤，莉萨？"卡特先生举起托盘，"我给你们一个提示。蛋糕最棒的部分是什么？尤其是当你们或你们的妈妈——或爸爸，拜托，这里可没有性别歧视——在做蛋糕的时候？有人知道答案吗？塞姆·格林，我想你吃过不少蛋糕……"

"哦，蛋糕粉？"

只见卡特先生把一根食指放在鼻子上，另一根食指指着塞姆，意思是塞姆说对了。然后他转动手指，蘸了下盘子里的

第 24 章 我不叫多琳

食物,原来那是——

"蛋糕粉浓汤!"

餐厅里所有孩子都欢呼起来。卡特先生高高举起包裹着蛋糕粉浓汤的手指,头向后仰,张大嘴巴,猛地把手伸进嘴巴里。

"嗯!"他说着,发出咕嘟咕嘟的声音,"太美味了!跟它搭配一起吃的是?"

莉萨掀开她前边另一个不锈钢容器的盖子。

"糊糊!"

"什么糊糊?"

莉萨抬起她的冰激凌勺子。

"冰激凌糊糊!土豆盘子里装的就是冰激凌!"

"我一直希望这些冰激凌勺子有一天可以用来盛冰激凌!"卡特先生说。他转向另一位食堂女职员,她站在离餐桌远一些的地方。

"至于甜点……多琳?"

"我也不叫多琳,我叫莎尼克!"

"抱歉,莎尼克。"

"在蛋糕粉浓汤和冰激凌糊糊后,很难再想出有什么合适的甜点了。"

"你们也这么想吧,对吗?但是……"

"但是你很坚持。因此那就是——"她揭开容器的盖子,她不像莉萨那么夸张,"糖果。一大堆糖果。你们能想到的各种糖果!"

"包括酸酸的糖果吗?"巴里·贝内特问道。

"哦,是的,巴里,"卡特先生说,"包括哈瑞宝梦幻水果软糖。"

确实,有一大盘糖果,全裹着包装纸。特趣巧克力、火星巧克力棒、布斯特巧克力、雅路斯糖果、劲浪薄荷糖、能量糖、巴顿斯巧克力、黄箭口香糖!对,还有哈瑞宝梦幻水果软糖、托皮克斯和千层雪花巧克力、甜筒、星爆水果糖、太妃薄脆、科里威利巧克力棒、双层巴士巧克力、聪明豆、邦蒂巧克力,虽然没人喜欢它们。

就是这样,餐厅里响起迄今为止最热烈的欢呼声,布拉克特·伍德所有的学生都冲向他们的午餐,老师们从没见过这种

第 24 章　我不叫多琳

架势。大家争抢糖果,很多孩子跌倒,因为他们都想先去拿甜点,这下变得好像一场大型自助餐了,没有一个孩子等着食堂女职员分餐。每一双手都在抓他们能抓的东西。

"住手!"一个声音大声吼道。

这个声音很威严,听起来很成熟,尽管它显然出自一个孩子之口,令人惊奇的是,大家都停了下来。

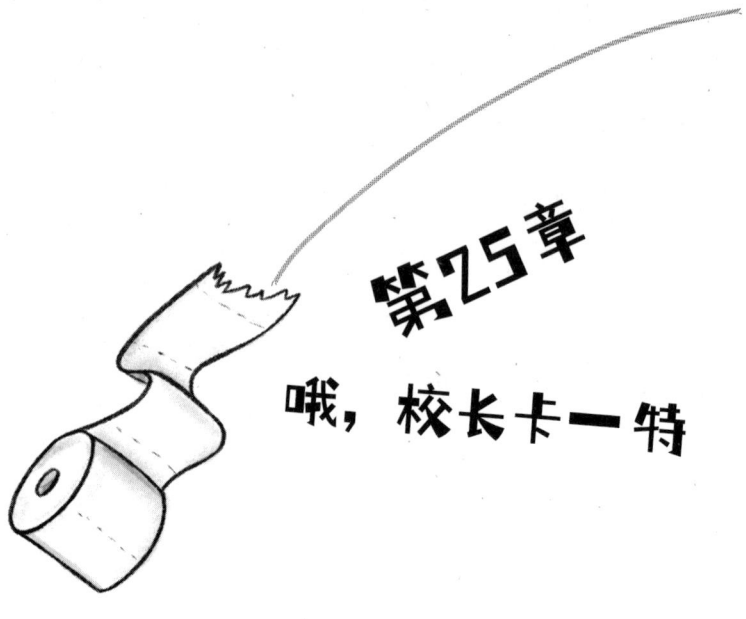

第25章
哦,校长卡一特

大家都不再抓取糖果,而是环顾四周。就在餐厅后面,一个孩子站在椅子上。那是瑞安·沃德。

"都住手!"他继续说,听起来很老成。用一个准确点儿的词来说,他的声音非常威严(简而言之——就像一个权威人士)。"你们都去吃这种食物真是糟糕透了。没有一样食物是杰米·奥利弗[1]认可的!"

---

[1] 杰米·奥利弗:英国知名厨师。

第25章 哦,校长卡一特

许多学生和老师皱起眉头。连杰拉德小姐也醒了过来。

"如果你们执意要吃这些垃圾食品,起码可以好好排个队吧!"

大家都皱起眉头,尤其是迪欧娜,她皱着眉说:"瑞安?你没事吧?"

瑞安没有回应她,但她感觉有些担心。自从出院之后,他的行为一直很怪异。就连他的声音,虽然确实是他的声音,但听起来一点儿也不像他。

"问得好,迪欧娜,"卡特先生说(他是唯一一个没有皱眉的人),"你没事吧?"

"当然,卡特先生!"瑞安瞪着他说。他说话平静,慢条斯理,说"卡特先生"时就像那天早上在课堂上他说"校长"一样——充满讽刺,"我很好。"

"真的吗?"卡特先生说,"我觉得这样吃午餐很好。大家争先恐后地抢糖非常好玩。你们都很开心,不是吗?"他转向学生们,补充道。

"是的!"莫里斯·福西特说。实际上他说的是:"次的!"因为他嘴巴里塞满了糖果。

"好的。放轻松,瑞安!"卡特先生走到他身边,"冷静一下!休息一会儿!气恼成病!放松一下!放轻松!"

现在大家都冲卡特先生皱眉。迪欧娜想,先不管瑞安说话听起来不像他自己,那卡特先生说话听起来又像谁呢?

"好……这话听起来很有校长的风范,不是吗?"瑞安说。他仍然站在那把椅子上,这样可以平视校长。事实上,他或许因此比校长更高了点。有一瞬间,至少在迪欧娜看来,瑞安是大人,而卡特先生才是孩子,"这太奇怪了,不是吗?学生说起话来头头是道,校长却用愚蠢的俚语。"

"嘿!我只是在讽刺,正式场合我才不会用'气恼成病'!"

"可更奇怪的是这种局面,"瑞安说着,朝四周看了看,"一个校长把午餐菜单改为糖果,一个学生却抱怨。校长说,

第25章 哦，校长卡一特

嘿，你们随便拿。学生却说，不，我觉得人人都该好好安静排队。这是怎么了？大家觉得这是怎么了？"

学生们面面相觑。有人窃窃私语："是有点奇怪……""是呀，有点反常……"这时，有人在说："太好吃了，我喜欢托皮克斯的糖果。"

卡特先生扭头朝身后望去。好一会儿，一片疑云浮上他的脸颊，似乎瑞安指出的奇怪之处把他难倒了。但他很快又转回头，笑着对瑞安说："瑞安可不是普通学生，他是学校里最淘气的学生。最淘气的学生总会跟校长唱反调，不是吗？即便校长做的事情有趣又疯狂，大多数孩子都喜欢，即便午餐后我让全校师生放假……也许我会这么做！"

"别这么做！"瑞安喊道。

"你们看到了吧？"卡特先生对围观的孩子们说。有些孩子不高兴地盯着瑞安，"要不我宣布明天也不用来……"

"那太荒谬了！"瑞安喊道。

"不，不会！"马尔科姆·贝利喊道。

"那太好了！"塞姆·格林喊道。

"我们可以待在家里整天玩 ZX27 电脑！"斯特林喊道。

"这是一种不知名的老式电脑，只能玩 20 世纪 70 年代的网球游戏！"斯卡利特喊道。

"你不能一下停一天半的课！"瑞安气急败坏地说。

"我可以，我偏这么做了！"卡特先生吼道，他转向餐厅中的其他人，双手在空中挥舞，仿佛他刚刚进了一个球。所有的孩子都为之欢呼。

"并且，从现在开始，我要取消家庭作业！永远！"

随即爆发出一阵更热烈、更快乐的欢呼声。莫里斯·福西特还唱起一首歌，和着白色条纹乐队《七国联军》的旋律。莫里斯不是白色条纹乐队的粉丝，但他在电视上听过人们跟着这首歌的旋律唱一些政治家的名字，他觉得听起来不错。他是这么唱的——

"哦！校长卡—特！哦！校长卡—特！"

很快，大家都一起唱起来，因为卡特先生最近的规定让大家都很开心。

"哦，别这样，真的，"卡特先生说，"不需要。"

"哦！校长卡—特！哦！校长卡—特！"歌声响彻整个餐厅，大部分孩子还边唱边指向卡特先生。除了小班到二年级的孩子，他们还搞不清楚发生了什么。

歌声继续，瑞安似乎有点退缩。他的视线和卡特先生的

第 25 章 哦，校长卡—特

视线相遇，卡特先生满怀同情地看着他。

"很混乱，不是吗，瑞安？"卡特先生说，"现在我是那个调皮捣蛋的人，你要继续跟我作对，你就得成为一个在别人看来是假正经的好好先生。对你来说有点难为情，我想。"

"不！事情不是这样的。我——"

"停止吧，瑞安！"有人喊道。

"对，放弃吧，瑞安！"另一个人喊道。

"别惹卡特先生了，瑞安！"

"这不是一场真正的网球比赛。我的意思是说没有球拍，只是上下移动的小壁垒！"

"哦！校长卡—特！哦！校长卡—特！

瑞安环顾四周。没唱歌的学生都坐了下来，他们正高兴地享用蛋糕粉浓汤和冰激凌糊糊（边上摆着装着甜点的盘子）。卡特先生也唱起这首关于他自己的歌，挥舞着双手，一些身材高大强壮的 6B 班男孩正努力地要把他架在他们的肩膀上。

透过面向走廊的窗户，瑞安看到有些孩子要马上兑现卡特先生放假的承诺了。他们按照规定在走廊跑着叫着、旋转、互相冲撞着朝出口走去。至少有三个孩子戴着滑稽的帽子。另一边，在操场上，他可以看见那两只乌龟在转来转去，它们显然没有被放回围栏里。

在吟唱声、跑步声和咀嚼声之外,他还能听见卡斯珀在某处唱着《巴士上的轮子》,正在给某个班上课。

噢,好吧,瑞安心想(只是一个小提示:我指的是在瑞安身体里的卡特先生),起码不会有比现在更糟的情况了。

就在这时,他听到了别的声音。

"打扰一下!"一个声音大声地说道,"谁能告诉我在哪儿能找到校长吗?"

门口站着两个人,一个男人和一个女人。那个男人讲话带着浓重的北方口音,秃顶,留着一撮小胡子。那个女人是印度人,有一头又长又直的黑发。男人拿着个公文包,女人拿着个笔记本。

"你们是谁?"卡特先生问道。

"我是曼先生。这是我的同事,马利克小姐。我们是'防蠢办'的督察员。"

"哦!校长卡——"吟唱还在继续。

过了很久才停。

直到最后,莫里斯·福西特接上:"——特。"

第26章
事情越来越古怪了

午餐之后,卡特先生(实际上是瑞安——好的,我想我们都知道)和"防蠢办"督察员之间的仓促会谈并不顺利。

卡特先生尽量表现得像真正的卡特先生,但并没有保持多久。

"我知道这所……学校,现在看上去……嗯……不是很好,但我向你们保证,曼先生(Mr Mann)……抱歉,你真的叫这个名字吗?"

"是的。"曼先生说,皱了皱眉。他坐在卡特先生办公桌的对面，马利克小姐坐在他旁边。

"就像无名先生（Mister Man）一样吗？"

"我的名字叫布赖恩·曼，是的，就是这样。"

"那么，你是哪位？"

曼先生稍微皱了皱眉，跟马利克小姐对视了一眼。

"我是曼先生，这位是马利克小姐。我刚才已经说得很清楚了……"

"不，"卡特先生说，"我的意思是，你是哪位曼先生？糊涂先生？担忧先生？摇摆先生？"

"卡特先生……"马利克小姐说。

"不，那是我。嗯，算是吧。"卡特先生说。

"这很有趣，但我们需要谈谈这所学校的情况。"

"好的，好的。"

"它一团糟！"曼先生板着脸说。

"是的，我明白你的意思了。"

"很乱……"他的脸色更加阴沉了。

"是的，我明白了。老实说，"卡特先生说，"别说笑了，曼先生。好笑先生没告诉过你吗？"

曼先生愈加一头雾水。

第26章　事情越来越古怪了

"不过，平心而论，"卡特先生说，"它是一所公立学校，所以……"他用手指戳了戳曼先生的胳膊，"嗯？你们明白了吗？哈！哈！哈！哈！哈！"

卡特先生似乎并不是真的在笑，而是带点儿讽刺意味——换句话说，他是在取笑曼先生说学校很混乱。可这并不是一个笑话。

曼先生看着马利克小姐，她耸了耸肩。曼先生打开公文包，拿出一大堆文件。

"好吧，我希望我们不用非得这么做，但是恐怕我们必须向'防蠢办'汇报我们的调查结果。而且我很肯定，基于这些调查结果，他们会把布拉克特·伍德学校评为不合格。也就是说，鉴于这所学校过去的表现太糟糕，很快——"

"嗯哼。"

曼先生、马利克小姐和卡特先生都四下看了看。说"嗯哼"的那个人——他说的的确是"嗯哼"，而不是在咳嗽——是瑞安·沃德。他正站在卡特先生办公室的门口。

"抱歉，曼先生、马利克小姐……"

"嗯？"

"我能说几句话吗？"

曼先生转向卡特先生。"你平常会让学生直接进来，随意打断会谈吗？"

卡特先生耸了耸肩，主要因为他很想知道瑞安到底想说什么。

"哦，"曼先生看了眼马利克小姐说，"对于这所学校和校长的态度，我想没什么事能再让我感到意外了。"

"无礼，"卡特先生说，"谈论得就像我不在这儿一样。"

"抱歉，打扰你们，"瑞安说着走了进来，"但我想也许你们应该知道其实卡特先生现在身体不太好。"

"什么？"卡特先生说。

"如果你们查一下本地的医院病历，就会发现，很不幸，最近卡特先生摔了一跤，不省人事，不得不住院治疗。自从他回到学校后，他就……不太正常。"瑞安继续说。

"别发疯！"卡特先生说，"我正常得很！我没有开玩笑，我感觉非常好！"

瑞安用"就是这样"的眼神看了看"防蠢办"的督察员，他们看了看彼此，又挑了挑眉。马利克小姐放下笔记本，在她的包里翻找着什么。

第 26 章　事情越来越古怪了

卡特先生从办公桌后起身。"哦，好吧，看来你们开始相信他了！对于这个学生——瑞安·沃德，你们要知道他是学校里最淘气的男孩！所以呢，为了恶作剧，他什么话都说得出来——包括让所有人都认为校长跟他换了脑子！"

"这是真的，"马利克小姐看着她的手机说，"我们可以查到医院病历，没错，他上周因脑震荡住院了。"

"能不能别再这样谈论我，好像我不在这里一样？"卡特先生说。

"嗯，你不在这里！"瑞安·沃德说，然后他指向自己，"你在这里！"

"好的，"曼先生说着站起身，合上公文包，"事情越来越古怪了。"

"我也觉得。"马利克小姐说着，也站起身。

"瞧，"曼先生说，"我不知道这个男孩说的话对不对，但显然，卡特先生，你不太舒服。我们'防蠢办'一向公平，我们会推迟给这所学校评级。"说到这里，曼先生看了马利克小姐一眼。她低头看着笔记本，退了几步走向他，然后点了点头，心照不宣地表示确认。

"一个星期，就一个星期。碰到特殊情况，我们就这么办。身为这所学校的校长，你有一个星期的时间来进行内部调整。"

"并且，"马利克说，"别让学校回到它往常的……"她搜寻着合适的词语。

"垃圾状态？"卡特先生提示道。

"嗯，是啊。它往常的垃圾水准。如果布拉克特·伍德学校不想被关闭，我们需要看到的是进行彻底改革的确凿证据。"

"那么，"曼先生说，"你需要证明自己是个成年人，卡特先生。现在你们是垫底的（at the bottom），但你们可以重新开始（be wiped clean）！"

第 26 章　事情越来越古怪了

卡特先生窃笑着,似乎他不想这么做。

"你在笑什么?"马利克小姐说。

"抱歉,"卡特先生仍在窃笑着说,然后他指着曼先生,"他这句话里出现了'擦'(wipe)和'屁股'(bottom)。"卡特先生忍俊不禁,窃笑变为大笑。曼先生皱起眉头,马利克小姐摇了摇头,两人朝门口走去。

"一个星期!"曼先生边走边说。

"祝你好运!"马利克小姐对瑞安·沃德说道。说实话,听起来她似乎并不抱希望。

第27章 所有的十四个品种

"防蠢办"的督察员离开后,卡特先生笑了笑,又摇了摇头,然后在校长那张崭新光亮的银色桌子后面坐了下来。"这很诡异,不是吗,卡特先生?"

"嗯,"瑞安说,"我们终于达成了共识!好的,那么……"他来到桌前,"瞧,你玩得很开心。你的快乐可是建立在我的痛苦之上。为了你的朋友们,你把学校变成了一个荒唐可笑的地方。现在'防蠢办'来了,整个学校受到了威胁,我们需要阻止这一切。我决定既往不咎,这对我来说完全是破例。

第27章 所有的十四个品种

当然,一旦我们回到各自的身体里,绝不会有任何惩罚。"

卡特先生点点头表示同意,似乎这明显是唯一可行的方法。可就在这时,他的头不停地上下摆动。

"嗯,我们要怎么做?我是说,怎么回到我们自己的身体里。"

瑞安盯着他,刚想张开嘴巴说话,又合上了。他也不知道这个问题的答案。

"看见了吧,卡特先生?你是校长卡特先生的时候,你拥有一切答案。可当你是在我身体里的卡特先生时,一切就难以解释了。"

瑞安深吸了一口气,起身走到窗边。"嗯,我们肯定能做些什么。除了眼下与'防蠢办'的问题,以后呢?我们不可能永远待在彼此的身体里。难道你不为此感到烦恼吗?"

"永远?但目前我觉得很好玩,"卡特先生说,"这就是当孩子的好处,卡特先生。活在当下,不为以后的事情担心。"

瑞安转过身面向他。"瑞安,说真的,现在这个状况一点儿也没让你感觉不自在吗?"

卡特先生想了一会儿。实际上,一开始他就觉得不自在。在一个四十三岁的大人的身体里感觉很奇怪,跟他自己的身体相比起来,他觉得浑身不是这里疼,就是那里疼。穿卡特先生的西装,他的裤子和大大的鞋子也感觉怪异,虽然鞋子合脚,毕竟现在他的脚就是卡特先生的脚。

更不用说去尿尿的时候有多怪了。我们暂且不提。

"是的,卡特先生,有些方面的确让我不舒服。"

"我是说,上厕——"

"是的,别提那件事。"

"好的。"

"不过……住在你的房子里。"

"你住在我的公寓里?"

"当然。我不能住在我家,是吧?你在那里。我妈妈会很困惑,也许会感到惊慌,她儿子的新校长过来请求睡在她家里。"

"你怎么进去的?"

卡特先生在他的西服口袋里翻找。"喏,这是什么,在你的西服口袋里?"他把舌头伸到下唇,摆出一张傻子脸(这是个词吗?下唇。你知道下巴的一部分也是你嘴巴的一部分),像傻子那样说话,"哦,这些是你的钥匙。"

瑞安摇了摇头。"当心点儿,好吗?我不喜欢你在那里走来走去动我的东西。"

"我没有动你的东西,除了我不得不上厕——"

第27章 所有的十四个品种

"我们不是说好了不提这件事吗?"瑞安叹了口气,"无论如何,我想目前我只得忍受这种情况——你待在我家里。"

"不,是我要忍受。你家太无聊了,没有玩具,没有电子游戏。电视机小得可怜,床呢,又太大。"

"那张床对我来说很合适!"

瑞安摇摇头。"黑色的羽绒被?太诡异了,诡异得几乎让人毛骨悚然。要是有个宠物就好了,也许能让那个屋子有点儿生气。一只猫怎么样?我能弄只猫吗?"

"我讨厌猫!别养猫!"

"好的,冷静点儿。你有没有想过除了奶酪和冻肉,冰箱里还能放点儿别的?"

"闭嘴!我喜欢奶酪和冻肉。比每天吃冷冻披萨好多了,你妈妈说那是我最爱的食物。"

"那不是我最爱的食物。"

"不是?"

"不,我最爱的是真正的披萨,就像你家对面那个地方做的,还送上门。"

"什么?"

"很美味,也不太贵,即使你把菜单上十四种披萨全点了。"

瑞安狠狠地盯着他:"你怎么——"

卡特先生又做出那个傻乎乎的表情,但这次他懒得说话。

他把手伸进短上衣,取出一张信用卡,上面清楚地写着名字:M. J. 卡特。

"这么做是非法的!"瑞安喊道。

"嗯,魔鬼辣披萨大爆炸简直绝了。对了,厕所的事很抱歉。"

"我要报警。"

"告诉他们什么?"

瑞安涨红了脸,他不由得握紧了拳头。

"说你是个非常非常坏的男孩!" 他叫道。

"哦,"卡特先生说,"好吧,我不知道如果一个六年

第27章 所有的十四个品种

级的男孩报警,并说他的校长是个非常非常坏的男孩,这算不算是在浪费警察的时间呢,我觉得没必要去尝试啦。总之,关键在于,我不知道会发生什么。我不知道什么时候我们的身体会换回来。但我知道现在,我成了你,成了这所学校的校长,我——我该怎么说呢,很开心。其中一件让我真正畅快无比的事情就是,我在做的每件事都让你非常恼怒。"

瑞安似乎沮丧不已。他紧紧地闭上双眼,拼命地摇头,好像身不由己地抽搐起来。"可你在毁掉这所学校!"他嚷道,"你听到督察员的话了。如果你继续这样,布拉克特·伍德学校不仅会被评为不合格,还会收到紧急关闭的通知!到时你作何感想?"

卡特先生总算听明白了。他皱起眉头,似乎在琢磨这些话,然后他回道:"极其……"

"嗯?"

"……自豪。"

"什么?"

"嗯,正如你之前说过的,卡特先生,我是这所学校最调皮的男孩。而且,我为此感到非常骄傲。如果我让这所学校关门大吉的话,那我该多骄傲啊?那会是一个调皮的男生在任何学校里可以做到的最调皮的事情!"

瑞安瞪着他。"你真的是这样的人吗,瑞安·沃德?一个只想着自己的男孩?这所学校的其他学生呢?你从没想过他们的感受吗?"

卡特先生笑着摇了摇头。"哦,卡特先生!是你在我的身体里,是你跟我的朋友和同学玩在一起。但你仍然不知道我这个年龄的小学生想要什么,是吧?我向你保证,这所学校的每一个学生都会为学校关门大吉而欣喜若狂的!"

说完这些,一时间,卡特先生感觉他想大笑,可并非友好的笑——而是漫威或邦德电影中超级大坏蛋那种疯狂的笑。也就是说,似乎他刚发表了演说,证明他一定会赢,即便那意味着对世界上大多数人来说,事情会变得很糟糕。换句话说,即便他就是那个坏蛋。

可在卡特先生体内,好像有什么东西阻止了瑞安这么笑。

等一等,他想,我就是那个坏蛋吗?

第27章 所有的十四个品种

这些想法在卡特先生的脑子里冲了出来,当然是瑞安的大脑,或者说至少是瑞安的想法,就在这时一阵像是低声呜咽的声音打断了他的思绪。他扭过头来,发现迪欧娜·巴克斯特站在办公室门的玻璃后面。她看上去一点儿也不高兴。

第28章 有点忘了

"所以再跟我说说吧!"迪欧娜说。

"我是他。"卡特先生说着指向瑞安,瑞安看上去越来越心烦意乱,"他是我,就这么简单。"

"你是瑞安。"

"对。"

"可你看上去是卡特先生。"

"我知道。这就是最麻烦的地方。"

"哈哈,"瑞安说,"说得好。想想要忍受这张蠢脸,我是

第 28 章 有点忘了

什么感受。"

"嗬!卡特先生,你这么说可不像个老师,"卡特先生说,"你伤害了我的心灵。我要向'防蠢办'告发你。"

"好吧,这也太蠢了,"迪欧娜说着站起身,"我可不信!"

"我们为什么要说谎呢?"瑞安说,"说谎对我们又没有任何好处。"

"我得说,这一次我跟卡特先生达成了共识。"卡特先生说。

迪欧娜摇了摇头。这太奇怪了。她只是刚好路过,想找瑞安,又碰巧听到卡特先生——她认为是卡特先生,外表和声音都是卡特先生的那个人——说这所学校就要关闭了,而且他对此似乎还很高兴。她透过窗户往里看,这时卡特先生向她招手示意。

她走了进去,坐了下来。她本来以为有人会责备她偷听什么的,没料到卡特先生开始解释他不是卡特先生,他是瑞安,而瑞安才是卡特先生。

"好的,如果你是瑞安——"

"不,我是卡特先生。"瑞安说。

"对不起,"迪欧娜说着转过身,"如果你是瑞安——"

"没错。"卡特先生说。

"你为什么不早点儿把这件事情告诉我?"她质问道。

"哦,我觉得你肯定不会相信我。"卡特先生说。

"为什么你觉得现在我会相信你?"

卡特先生耸了耸肩。"我不知道。你了解我制定的所有新规则。它们完全不是卡特先生那种陈腐的制度,对吧?它们更像瑞安的风格,不是吗?"

瑞安点点头表示同意。"是的,但我一条都不赞同。"他说。

"并且——"卡特先生说着,指向瑞安,"现在他在这里,同意我的说法。瑞安为什么会这样?"

迪欧娜想了一会儿。"这可能是他的一个恶作剧。"

"他的一个恶作剧,"瑞安疲惫地说,"他会让有史以来最反对恶作剧的校长参与进来吗?"

此刻,卡特先生点头赞同。

迪欧娜又摇了摇头,并坐了下来,仔细地看着他说:"我不能相信,瑞安。你在卡特先生的身体里?这不是很奇怪吗?要去厕——"

"我们说好不再讨论这件事。"瑞安说。

"这样最好。"卡特先生说。

迪欧娜看看卡特先生,又看看瑞安。"你住在他家吗?"她

第28章 有点忘了

对瑞安说（也就是卡特先生）。

"对。"

"还用他的信用卡点披萨？"

"十四个。一晚上。"

"呃，"她说，"也许是你，但是……好吧，那我妈妈叫什么名字？"

"埃丝特。"

"我最喜欢的歌手是谁？"

"碧昂丝。"

"我最好的朋友是谁？"

卡特先生停顿了一下。瑞安看着他，扬了扬眉毛。

"嗯……我，我希望。我是指他。"卡特先生说着，指着瑞安。

迪欧娜点了点头，她似乎在花时间考虑接下来要说什么，然后她说："可我刚刚听你说这所学校就要关闭了，因为你的所作所为。而你对此却感到很骄傲，很得意！"

"呃，"卡特先生说，"嗯……是的。"

"即便你知道这会让我非常难过，因为这样我就不得不回奥克罗夫特了！"

"哦……"卡特先生说。

　　他心里一沉,他知道这很糟糕,正要说:"问题是,换了身体,当了校长,在学校想干什么就干什么……我有点儿忘记这件事了。"可他没有说,他意识到说了也于事无补。

　　"你知道吗?"她说着站了起来,"我不确定你是瑞安。更确切说,起码我不确定你是我最好的朋友。"她走到门口,回头看了看,"我最好的朋友绝对不会那么对我!"

　　对于卡特先生来说,也许这时有机会说:"好的,不会的,

第28章 有点忘了

你说得对,我会采取行动阻止这种情况发生。"

可他没有这么说。因为他能看到瑞安在嘲笑他,对于学校要被关闭这事,他刚刚还表现得很得意,他不想打自己的脸。因此,他只是看着她,耸了耸肩,就像一个由于调皮而挨骂的小男孩。

迪欧娜摇了摇头,挑了挑眉毛,走了出去,砰地关上了门。

"哦,天哪!"瑞安说着,仍在得意地笑着。

第29章

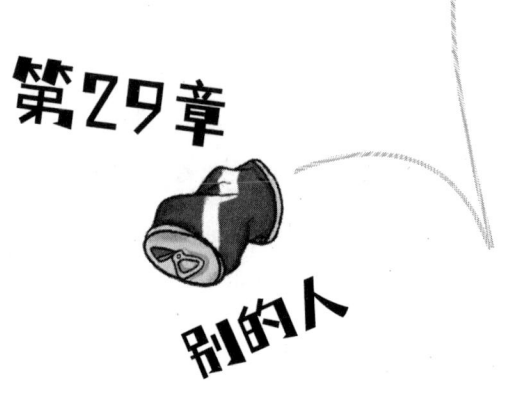

别的人

"不好意思,校长!"蒂娜·沃德说,她在学校大门口等着接她儿子,她推着婴儿车带霍莉一起来的。

卡特先生并没有认真听,他在东张西望。事实上,他在找迪欧娜,她刚从校长办公室离开后就不见了。他想让她放心,一切都会好起来的。虽然他还没想好该怎么做,或者还不确定学校是不是真的会关闭。

"什么?"卡特先生心不在焉地说。

"哦,算了。"蒂娜恼怒地说。她本来想为瑞安的行为道

第29章 别的人

歉,冰释前嫌,但他对她爱搭不理,这让她再次确信——他完全不是个好人。

"什么?"瑞安说着,从门口走了出来,"你在跟他说什么?"

"不是,安!"霍莉说,然后她怀疑地看着卡特先生,补充道,"安?"

"我听说!"蒂娜说着,转向她儿子,"我听说你又去他办公室了!我本来希望新校长会让你有所改变的!"

"我知道,"瑞安说着点了点头,"从某种意义上说,是的……我已经改过自新。"

蒂娜皱起眉头。瑞安显然还在调皮捣蛋,他用这种上等人的故作老成的腔调说话已经有一段时间了。这很令人讨厌。

"见到你很高兴,妈妈!"卡特先生说着转过身面对她。这会儿迪欧娜不知去哪了,所以——以一个十一岁男孩典型的方式——他决定不再为那件让他忧心的事情烦恼。

"你说什么?"蒂娜说。

他确实叫了妈妈,所以这又多了一件让他烦恼的事。

"我说……我说……"

"是的……卡特先生!"瑞安气愤地说,"你说了什么?"

"我说……我说'没什么,伙计'!"

蒂娜皱了皱眉。"你说什么？再说一遍？"

"这是一项新政策！我认为老师和家长之间友好相处非常重要！所以现在所有的老师要确保他们称呼所有的家长为'老兄''哥们儿''我的老朋友'或者甚至……'伙计'！"卡特先生急忙说。

瑞安盯着他，缓缓地摇了摇头。

"好的！"蒂娜说着皱了皱眉，不过马上又笑了，接着说，"老兄！"

"谢谢，老兄！"卡特先生说。她笑得更开心了。

"没什么，同志！"蒂娜边笑边说。

"朋友！"卡特先生说，声音又高又尖，竖起两个大拇指，"嗨，朋友！"

蒂娜一阵大笑。

"嘿！瑞安！卡特先生居然知道那个梗！"她说，"你知道，你给我看的那个——从那个电视节目来的——"

瑞安一副迷惑不解的样子，还摇着头，幸亏这时霍莉又指着他叫了起来。

"不是安！不是安！"

"哦，别再这样了！"蒂娜说，"这是瑞安，霍莉！"

第 29 章 别的人

"不是安!别的人!别的人!"

"没错,"瑞安说,"正是如此。事实是,蒂——妈妈,我由衷地相信这个婴儿也许拥有某种洞察力。你听到她叫我'别的人'(other)吗?就像,我不是瑞安。"

"哦,我的老天,"蒂娜说,"你很清楚她说的是'哥哥'(brother)。你知道她没法把词语完整地说出来。"

"是吗?"瑞安说,"我常对人说,越早学拼读越好。"

蒂娜瞪了他一眼。

"是的,她比你这个成年人洞察真相的能力强,并且——"

"瑞安!别这么说话了,去车里面!"

"车?你——我的意思是,我们可就住在附近!"

"是的,但我们不回家。我们要去看望安妮。"

"克力!"霍莉说着,品尝起另一种食物。

蒂娜咂咂嘴。"失陪一下。"说着,她把童车推到一边,蹲下来把宝宝清理干净。

"谁是安妮?"瑞安轻声地问卡特先生。

"我的姨婆,妈妈的姨妈。"卡特先生答道。

"哦,真好。她是个什么样的人?"

"很和气,但总是放屁,放很多很多屁。"

瑞安叹了口气。"很好，真的。很好！"

"有点儿搞笑。"

"好了，你看，瑞安，你真是没救了。我相信这不是她的错，她可能肠胃有问题。重要的是，要认真对待老年人的这类问题。"

"好的，我总是觉得解决这个问题的唯一方法就是笑一笑。她似乎并不介意，不过无所谓。"

蒂娜推着婴儿车回来了。

"我跟你说过让你上车！"她对瑞安说，"抱歉，卡特先生，我真不知道他最近着了什么魔。"

"我也不知道，伙计！"卡特先生说。

"朋友！"蒂娜高声说，并且竖起大拇指。

卡特先生也参与进来，他们一起说："哦，朋友！朋友！老师朋友！家长朋友！"

他们看上去永远不会停下来，瑞安叹了口气，朝车的方向走去。

第30章

"天哪,"蒂娜说,"我不是在开玩笑,那个男人竟然发生了什么变化,一些好的变化。"

"是吧。"瑞安冷冷地说。他们一起坐在安妮姨婆客厅的一张沙发上。安妮姨婆——一个大屁股的小个子女人——去泡茶了。这间客厅最近一次装修似乎是在1957年,客厅里到处都是玻璃柜子,里面装着盘子和杯子,纪念着英国王室生活中的各种事件。一只瘦弱的没有牙齿的老猫在对面的沙发上盯着他们。

"是的！刚才，我发现自己真的挺喜欢他的。可是之前……你突然莫名其妙地昏过去了，去了医院，整件事情让我对他气不打一处来。然后在家长开放日，他看上去古板又严厉。当然，乌龟的事情肯定让他大为光火，我们得承认，那件事情相当有趣。"

"是吧。"

"是的，你尽你所能了。"

"嗯。"

"我以前一点儿也不喜欢他。"

"是吧。"瑞安说。

"是的，他似乎是个——"

"好了，蒂娜，"瑞安说，"能不能别再唠叨了？这一路上你就一直在说他。"

蒂娜耸了耸肩。"哦，好的。我是说他似乎放松多了，刚好跟你相反。我跟你说过了——别叫我蒂娜！"

"你们好，亲爱的！"安妮姨婆说着，端着一个有蒸汽火车图案的茶盘走了进来，茶盘上放着一个瓷茶壶和几个杯子。"喝点茶吗？"

她把茶盘放在蒂娜和瑞安面前。

第 30 章　卟卟哧哧哧哧轰轰轰轰轰

"糕！糕！糕！"

"她没有做蛋糕，亲爱的。"蒂娜对霍莉说。霍莉坐在她膝盖上，手在空中不停地挥舞。

"饼干？"

"抱歉，安妮，你有饼干吗？"蒂娜问。

"本尼？"安妮说着，一边倒茶，一边四处张望，"它死了，这只猫叫喵主席。"

"不，安妮，"蒂娜提高了声音说，"请打开你的助听器。"

"约翰？他死了好多年了。"

"你的助听器！"她指着姨妈的耳朵，那里面确实有一个助听器，"它关上了！"

"是的，他咳得很厉害。"她说着，递给蒂娜一杯茶。她在扶手椅上坐了下来，"咳嗽要了他的命。"**卟卟卟噗噗噗！**

停了一秒后，霍莉大笑起来。

"哈哈哈哈哈！屁！屁！"

"你在说什么？你在说什么，小家伙？"安妮说。她用一种老太太对婴儿说话的腔调，弯下腰凑近霍莉的脸，皱起了鼻子。老实说，蒂娜和瑞安也这样——现在也是，霍莉宝宝更是这样了——只是原因各有不同。

"她真可爱，对吧？最可爱的小不点。"

卟卟噗噗哧哧……

"哦，天哪，"蒂娜说，"她忘记开助听器的时候总是更糟糕，就像她听不到她自己在放屁。"

"她怎么就不能……"瑞安说，"感觉到她——"

"我觉得她应该……没什么感觉……你知道的。"

蒂娜放低了声音，瑞安觉得实在没有必要。

"喝杯茶，瑞安。三勺糖吗？"卟！

"哦，不用，谢谢。我喝红茶，不加糖。"

"你听到什么声音了吗？"安妮姨婆说着把三块糖放进瑞安的奶茶里，递了过去，"就像远处传来的嘎嘎声，就像有人踩在了鸭子脚上？"

"嗯……"

咚！咚！

"屁！屁！"

"你在说什么，小家伙？"

"饼干？"

"我们该做点什么吗？"瑞安低声对蒂娜说，趁安妮姨婆没有注意。安妮姨婆从沙发上起身，俯下身，脸贴近宝宝的

第 30 章　卟卟咔咔咔咔轰轰轰轰轰

脸。没错,俯下身。

"你这么说是什么意思?"蒂娜说。

"嗯……叫个医生。我觉得她这样明显不对劲。当务之急是寻求医疗救助。"

蒂娜对他直皱眉头。"她这样好多年了!她没什么毛病。而且,你知道,这样总比憋着好。向她指出这点会让她不高兴的。而且,你平常对此都是一笑置之的!"

"哦,那可太糟糕了,我不应该不闻不问的。我已经变了。"

"噢,是的,我忘了,"蒂娜说,"实际上你是新校长。"

"是的,我就是校长!这样可以证明是真的了吧?因为我没有笑。"

蒂娜看着他。

"薯!"

"调味酱?你要调味酱?那是大人用的。鹰嘴豆芝麻酱沙司?"噗咻!"酸奶?"砰砰!"希腊红鱼子酱?"卟叭!

"我们看看再说。"蒂娜说。

瑞安皱了皱眉。蒂娜真的认为那只是因为——噗!咻!——他,他并不是一个十一岁的男孩——轰!——而是一个有责任感和理智的严肃的四十三岁校长——

叮！——会笑成一团，就因为安妮姨婆——**砰！**——的消化有点小——**帕通！**——嗯，不算那么小的问题——**咈！**

"气味呢？"瑞安说。

"越来越臭了，这点我同意。"蒂娜说。

"不是，我是说安妮姨婆不知道自己在放屁，即使她听不见……但她的鼻子能嗅到，不是吗？"

老实说，此刻这个问题很有意义，因为房间里的空气——坦率地说，从来不清新——有点"发青"。

"噢！噢！噢！"

"霍莉想要什么？蓝色？我有蜡笔——我的天哪。"安妮姨婆重新坐回椅子上，"这什么味儿？天，天哪。你闻到了吗，蒂娜？瑞安？噢，我得说，这也太难闻了。"

瑞安转向蒂娜，脸上一副"我早跟你说了"的表情。他双臂交叉抱着，好像在说："好了，拜托，我们可以认真地看待这件事情吗？"

"你知道这意味着什么吗？"安妮姨婆继续说着，侧过身，"主席！喵主席！"

本以为那只老猫比他的主人聋得更厉害，但令人惊奇的是，它抬起头来，一脸困惑的表情。

第 30 章　卟卟哧哧哧哧哧轰轰轰轰轰

"请别放屁了,你这只臭猫!我跟你说过,你得努力控制肠胃气胀!"噗!"它会发出难闻的气味!"哧!"而且会让这里的每个人都很困扰!"噗通!噗!轰!"你明白吗?"

"喵。"

"好的。"

卟卟哧哧哧哧哧轰轰轰轰轰轰!

她笑着拿起茶壶说:"还要茶吗?"

就在这时,瑞安放声大笑起来。他笑啊笑啊笑啊,身体里面的卡特先生很多年没这么笑过了。他狂笑不止,甚至笑到放屁了。

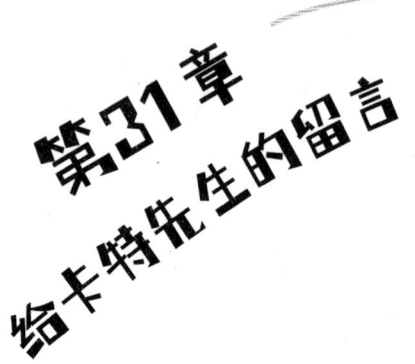

第31章
给卡特先生的留言

　　瑞安在安妮姨婆家时,卡特先生回到了他的公寓。他仍然担心迪欧娜。他脱掉西装外套,在卡特先生不那么舒适的皮沙发上坐了下来,寻思着该怎么办。他想看看电视,可不仅电视屏幕小得可怜——而且电视台所有频道放映的都是"历史""地理"或"自然"类节目,实在没什么有意思的可看。

　　也许我该给妈妈打电话,他想,她应该知道怎么做才最好。

　　不过很快,瑞安意识到自己不能这么做。因为至少得向妈妈解释半天,而且她还不会相信他。就算她相信了,他怀疑

第31章 给卡特先生的留言

最终她也没兴趣回答那个问题——"那么,我该对迪欧娜说什么,才能让她再次相信我呢?"

他站起身,在客厅里丢了一地的十四个披萨纸盒里翻找,看是否还剩下一星半点美味的芝心披萨皮。但他昨天晚上已经找过一圈了,没有。他去拿上衣,掏出卡特先生的信用卡,走到电话旁边。

拿起听筒时,他并不确定是不是还能点披萨——他不知道卡特先生银行账户里到底有多少钱,他不想把钱全花在披萨上。

此外,再点一次披萨感觉也不那么刺激有趣了。他眼前浮现出自己每晚点披萨的情景,延续到未来,感觉一点儿也不好玩。

事实上,他没那么饿,只是感觉有点儿孤单。他甚至看着那些盒子,自言自语——萨。因为他的宝宝小妹妹会这么说,又或者是萨子。他想听到那样的声音,这会让他发笑,让他高兴起来。

这时,他注意到电话控制台上有闪烁的光,这意味着有给他的留言。嗯,不是给他的,是给卡特先生的。或许他应该忽视这条留言。

可是,光又在闪烁。瑞安还是觉得有一点点孤独,起码听

第 31 章 给卡特先生的留言

听别的声音也不错。于是他按下了按钮。

"你好……"电话里传来一个听起来忧心忡忡的女人的声音,"这是给卡特先生的留言。我是圣维尼弗莱德医院的扎迪,恐怕你妈妈的情况变得更糟了。虽然目前她的病情暂时稳定了,但也许你还是应该尽快来一趟。谢谢,祝一切顺利。扎迪。噢,我说过了。再见。"

第32章 真的很好

此时,在沃德家,拜访安妮姨婆之后仍有余波。这或许是因为瑞安身体里的卡特先生多年来都没笑得这么开怀,又或许是吸入太多……屁,瑞安突然感到有点儿恶心。

于是他躺在了床上。卡特先生孩提时经常生病,可对于一个成年人来说,六点上床仍然觉得很奇怪,尤其是盖一床有海盗图案的羽绒被(事实上,之前有好一阵子,真正的瑞安老跟蒂娜说,这床羽绒被有点短了)。

这时,蒂娜进来了,问他是否还好。瑞安说他还是感觉有

第 32 章 真的很好

点儿恶心,但不算太糟糕。蒂娜摸了摸瑞安的脑门儿,亲了他的脸颊,给他盖好被子,告诉他别担心——她确信他马上会好起来的。

这并不让人感觉奇怪。这感觉很好,真的很好。

第33章 那是我的问题

卡特先生站在卡特夫人的病房外面,等待护士让他进去,他觉得真正的自己——瑞安——在纳闷他为什么会来。

在卡特先生的公寓里,他听到那则留言后,觉得应该来。在心里,他为卡特先生的妈妈感到难过——他认为她不应该一个人待在医院里,只是因为他和她的儿子交换了身体(琢磨了一会儿后,他觉得"只是"这个词用在这个句子里有点奇怪)。

可是在他的心底,他知道这是因为他想跟他的妈妈说说话——而卡特夫人现在算是他妈妈。

第33章 那是我的问题

圣维尼弗莱德医院是个有些古怪的医院。卡特先生不费什么力气就到这里了——他(作为瑞安)在往返学校的路上路过很多次——但此前他从没进去过。医院的接待区不大,不像大部分医院,有很多人排队,婴儿哭个不停,或者一个头上在流血的奇怪男人冲着自己的妻子大叫,说自己没有喝酒,反正没喝多少。这个医院铺了地毯,寂静无声,更像妈妈带他和霍莉去消暑的那家家庭旅馆。此外,在其他医院,你不得不花很长时间跟一个待在电脑前面的愁眉苦脸的人在一起,努力地找出自己想要看望的病人在哪一间病房,而这里完全不一样。护士扎迪在门口等着他,领他穿过过道去卡特夫人的病房。

"我不知道她醒没醒,"扎迪压低声音说,"她最近睡得很多。"

"好的。"卡特先生说。

"但我确定见到你,她会很高兴,如果她醒着的话。"

卡特先生点了点头。不过,这时内在的瑞安很紧张。卡特夫人病得似乎比他想象的更严重。而且,想到有人很高兴见到卡特先生,他就觉得有些怪异。事实上,他之前从没想过卡特先生有妈妈,或者任何老师有妈妈或爸爸。但是门外面的牌子上分明写着:格雷斯·卡特。

扎迪悄悄打开门。这是一间舒适的房间，都刷成了白色，透过窗户可以看见一个花园。在房间的尽头，摆着一张床。床上，一位老太太靠着几个枕头，睡着了。她一头白发，面容温和。要不是从床边一个机器伸出一根管子插到她鼻子里，你不会认为她病了。

"我不打扰你们了，有需要给我打电话。"扎迪说着，关上了门。

别，卡特先生想说，别走。可他困在了成年人的角色里，现在，需要他更像一个大人，于是他只是点了点头。

他来到床边。格雷斯·卡特呼吸很浅。他在床边的一把椅子上坐下来时，她的眼睛半睁着，微微一笑又皱起了眉头，仿佛笑让她痛苦一样。

"迈克尔……"她说，"你能来真是太好了。"

迈克尔？卡特心想，谁是迈克尔？

然后他明白了。哦，是我。卡特先生。

"哦……这没什么，"他犹疑地说，之后更加犹疑地说，"你还好吗？"

她又笑了，又皱起眉。"你知道我好些了，但没什么可抱怨的。"

"哦，你可以。"

第33章 那是我的问题

她眼睛又睁开了一点儿。"什么?"

"我的意思是,如果我是你,我会经常抱怨。我生病的时候就总是抱怨。我的——"他正要说"妈妈说",然后想着那听起来会很奇怪。

格雷斯摇摇头,仍然面带微笑。"不尽然,迈克尔。你以前总是坚忍克己的。"

"见人可及?"

"是的。当你生病的时候,你小时候经常生病,你总是坐在那里,几乎没有要求要什么。我能做的就是让你不用去上学。"

"哦,对,没错,我都忘了。"

格雷斯仍然看着他,说:"你知道,亲爱的……既然我们说起了这些过去的事情,我不希望有所保留。"

"对。"他回道,其实他并不理解这句话是什么意思。

"你明白的,像今天这样的谈话,别人也时常发生,像这种情况的有很多,当也许没剩下多少时间的时候……然后人们……他们会后悔,后悔有些事情没有说出口。"

"对。"

"我想起你爸爸,他在世的时候,可能鼓励过你,要咬紧牙关,不要轻易让感情外露,不要说出自己的真实感受,那是因为他不太会处理感情,是吧?我不希望你像他那样,总是想着压抑你真实的感受。"

"好。"

"尽管你在很多方面像你父亲,但在其他方面——就像现在我看着你——我能看到你内心的那个小男孩。曾经的那个小男孩,他仍然在那里,即便他不得不一直穿着又大又僵硬的成年人盔甲。"

她伸出手,他握住了她的手。她的手干瘦轻盈,但是很暖和。她越发仔细地看着他说:"迈克尔,你在哭吗?"

"是吗?"他意识到是的。

"天哪,我很抱歉,你从不哭的。"

他用另一只没有握手的手背擦了擦眼睛,抽了抽鼻子说:"**对不起。**"

"没事,迈克尔。真的,这正是我想说的。"她停了下,仍然面带微笑,一滴眼泪

第33章 那是我的问题

缓慢地从她的右眼顺着脸颊落下来,"我很高兴,真的。"她握了握他的手。

"你们好,"扎迪轻手轻脚地走进房间说,"抱歉,打扰你们了,但格雷斯该吃止疼药了。"

卡特先生回过头来,格雷斯松开了他的手,点了点头。

"你快回去吧,亲爱的。非常感谢你来,我知道你有很多工作要做。"

他点点头,站起身。扎迪走到格雷斯的另一边,开始准备注射器。

"尤其是你去上任的那所新学校,学校怎么样了?"

"嗯……"卡特先生说着,穿上他的外套,"实际上,它可能会被关闭,如果我们没有通过六天之后的检查的话。"突然,他感觉到一种痛苦,他想到了迪欧娜。

"你觉得你可以扭转局面吗?"她问道。

"嗯……"他又说。这确实是个棘手的问题,但突然间,布拉克特·伍德学校校长迈克尔·卡特体内的瑞安·沃德想到了,他完全知道该说什么了,"听着,妈妈,别担心那件事,那是我的问题。"

然后他走出门去。

第34章 喧闹

卡特先生召开了一次紧急晨会。巴林顿先生组织完后说:"好吧,请大家安静!安静点!早上好,布拉克特·伍德的孩子们!"

"早上好,邦明顿先生!"大部分孩子说。邦明顿先生很倒霉,对不起,是巴林顿。卡特先生,或者确切地说,内在是瑞安的卡特先生所倡导的精神风气,已经在布拉克特·伍德学校扎下根来。那些没有冲他喊绰号的孩子在做鬼脸、大笑、发嘘声、吃糖果、跳上跳下,或者干脆充耳不闻。

"噢，天哪。天哪，天哪，天哪！"巴林顿先生说。

"嘘！"王老师喊道。

"别这样！"芬奇小姐喊道。

"哦，我的头！"杰拉德小姐也喊道。

"我们要做什么？"巴林顿先生对被吵得焦头烂额的老师们说，"'防蠢办'要回来了！我们都要失业了！"

"校长在哪里？"王老师问道。

"我不知道，他消失了！他把学校搞成这样，然后就消失不见了——"

吁吁吁吁吁吁吁吁吁吁吁！

一阵高亢刺耳的声音打破了会场的喧哗。大家环顾四周，只见卡特先生站在门口，手上拿着哨子。

"好啦！"他大声说，"我们有事情要做！"

"是吗？"巴林顿先生说。

"没错，巴林顿先生，"他说着，迈开大步走向讲台，"早上好，布拉克特·伍德的孩子们！"

"早上好，卡特先生！"学校所有的孩子们齐声说道，除了一个孩子。

"谁说的'发特'？"

第34章 喧闹

巴里·贝内特举起手。

"好的,巴里。这很有趣,跟我的名字押韵,不过别再这样了,这不礼貌!"

"可我觉得——"

"我不在乎你怎么想,反正别再这样了。"

巴里似乎有点羞愧,放下了手。

"好了,瞧,各位,我们遇到了问题。你们中有一些人应该记得,昨天午餐时有两个大人在学校各处神出鬼没的,其实他们是'防蠢办'的人,就是这样!"

"什么是'防蠢办'?"斯卡利特说。

"像苹果?或者微软吗?"斯特林问道。

"他们是督察员——政府督察员。简单地说吧,他们有权关闭这所学校。"

"好极了!"莫里斯·福西特喊道,还咧嘴笑着。

"不,不好。你们都要明白,这不是一件——像莫里斯说的那样——值得庆祝的事。"

莫里斯不笑了。

"学校关闭,我知道这听起来或许很好,但是最终,我们——我是指你们都不得不去别的学校上学。如果不是在这里，也许会是某个更糟糕的地方。而且你们都明白，这里没有那么糟糕。"

"厕所呢？"

"对，很好，埃莉，厕所很糟糕。当然，有些老师，但除了那个——"

巴林顿先生、杰拉德小姐、芬奇小姐和王老师面面相觑，毫无表情。

"都还好吧！这里是我们跟朋友们度过很多时光的地方。我们……"

说到这里，卡特先生寻找着一张面孔。是的，她在那里，坐在会场的后面，迪欧娜。

"……最好的朋友。"

这之后是一阵喧哗，有人窃窃私语地说："他说得很有道理。""我不知道我是不是还想去别的地方。""我们自己可以打扫厕所。"莫里斯·福西特说："我是不是应该说'加油，加油'？"可卡特先生没有注意到。他一直看着迪欧娜，迪欧娜的脸上终于绽开灿烂的笑容。

第35章

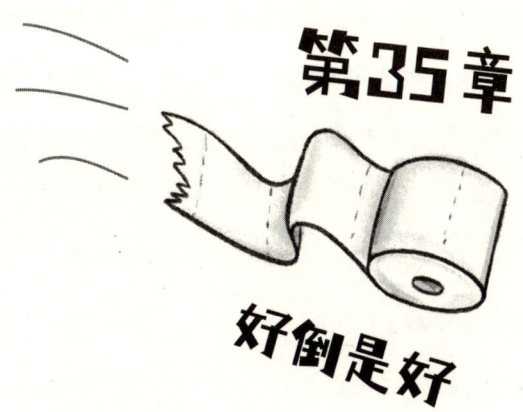

好倒是好

"好啦!"卡特先生对聚集在一起的学生们说,"那么,我们要做什么?我们有一个星期,只有不到一个星期。"

"嗯,"巴林顿先生说,"我们可以……如果你不介意,校长……撤回你第一天制定的一些规则,有关在走廊里跑跳和在课堂上回头的规则。"

"好的。"

大厅里传来一阵哼哼声。

"可我都还没拿到我的奖励分呢!"伊丝拉·福西特叫道,"单算在英语课上,我就回头了三百次!"

"这是不是说我不用戴着这个来学校了?"阿尔菲·穆尔说。

每个人都抬起头。阿尔菲戴着一顶大礼帽,上面是一张巴林顿先生的照片,可帽子下面不是他的脸,而是一只猴子粉红屁股的漫画。

"对不起……是的。哦,我心都碎了。"卡特先生说。

阿尔菲难过地摘掉帽子。

"那么,"莎尼克从餐厅走过来说,"我们的食物要恢复正常吧?午餐我们做了草莓果酱馅饼和薯条。"

"土豆条吗?"

"不是,巧克力条,只是做成了土豆条的形状。"

"好极——"

"不,莫里斯。对不起。是的,食物也恢复正常。奥利弗认可的。"

又是一阵呻吟。

"也许可以把巧克力条保留下来当甜点。"

呻吟停止了。

"这样好倒是好,"一个声音传来,"但还不够。"

是瑞安。他不再盘腿,他站了起来。现在正站在离会场讲台前很近的地方。

"这些都救不了这所学校。"他说。

第36章 放马过来

"你什么意思?"卡特先生说。

"哦……"瑞安说着走上讲台,朝讲桌走去,"这所学校面临着威胁。'防蠢办'早就对学校不满意了。让它回到以前的样子并不会让它的评级比不合格更好,那仍然意味着被关闭。"

"是吗?"

"是的!"

卡特先生皱起眉头,耷拉着肩膀。

"那么我们该怎么做?"

如果布拉克特·伍德有学生或老师觉得在这个关键时刻,

校长问学校里最淘气的男孩该怎么做有点怪，他们也并没有表现出来。也许因为这一阵子，学校里怪异的事情太多了。

"我觉得，"瑞安说，"我们需要一个点子，一个活动。一个可以在这里举行的活动，让学校显得比平常更优秀，给'防蠢办'的督察员看看。"

"比如说？"

瑞安有点轻蔑地笑了，压根儿不像他往常的笑。"卡特先生，这需要你来琢磨一下，既然你是校长，不是吗？"

卡特先生看着他，深吸了一口气。

"是的，是的，我是。我有一个点子。"

"哦，"瑞安说着，点了点头，"很好，就想听你这句话。你的点子是什么？"

"是……"

"什么？"

"是……"

"什么？"瑞安把两只手伸到耳朵后面，把耳朵往前推，"真的，我洗耳恭听。"

"是……"卡特望着挤得满满的会场，"集思广益，让老师和学生们都想一想！选择最好的点子！"

第 36 章 放马过来

"行,"瑞安说,"很好。这行得通。"

"有人有办法吗?"

"我们在操场建一个游泳池,往里面塞满蛋奶糕,举办蛋奶糕游泳比赛。"

"好的,谢谢,卡斯珀。也许有比这更简单的点子?"

"叫巴林顿'邦明顿'!只是我们所有人要一起叫!"

"好的,你瞧,莫里斯,我们不能做那样的事情了,我们不能做……淘气的事情。"

"是吗?什么时候?"

"不错,卡特先生,不是吗?"瑞安说。

"辩论!"一个女孩喊道。

迪欧娜的声音。

"你说什么?"瑞安说。

"我们有点儿像是,"卡特先生说,"在某种程度上,不是吗?"他指着瑞安,"我跟他,在辩论。"

"不,你们不是,"她说,"那不是辩论。在一场真正的辩论比赛中,有两支队伍,每支队伍两个人,他们被称为辩手。

辩论赛有一个辩题,辩题一般是严肃而富有思辨性的。比如'人生中最美好的东西都是免费的'或者'言论自由是一个公正社会的基础',这就是辩题。一边是正方,另一边是反方。由裁判裁定谁输谁赢,裁判可以让'防蠢办'的督察员担任。"

会场响起一阵嗡嗡声。

卡特先生看着瑞安,扬了扬眉毛。

瑞安伸手轻轻地抚摸下巴。自从变为迪欧娜最好的朋友后,瑞安身体里面的校长,不是第一次觉得,迪欧娜·巴克斯特真的很厉害。

"你知道吗?"他说,"这不是一个坏主意。"

"这是个绝妙的主意!做得好,迪欧娜!"卡特先生咧着嘴笑。

"但是,"瑞安继续说,"如果我们真的想要展现出一些东西,来打动'防蠢办'的督察员,我觉得一场由布拉克特·伍德的学生自己组成的队伍之间的辩论赛不会有什么用。我们需要让他们看到这所学校能跟其他学校媲美。我们需要举行一场辩论赛,在这场辩论赛中布拉克特·伍德得接受挑战并打败另一所学校。那所学校的等级得是良好甚至优秀。"

"对!"卡特先生说。

"对!"巴林顿先生劲头十足地说。

第 36 章 放马过来

"对对对!"大厅里的孩子们附和着。

"耶……"杰拉德小姐打了个哈欠,顺势靠在后墙上。

"那么,你觉得哪所学校合适?"卡特先生说。

"校长,这个地区只有一所学校被评为优秀,那就是奥克罗夫特。"

所有人立马安静下来,面面相觑。老师们也皱起眉头。

卡特先生倒吸了一口气说:"奥克罗夫特?"

瑞安肯定地点了点头。

"那所富得流油、成绩斐然,辩论队连续三年赢得全国辩论挑战赛的贵族学校?"卡特先生问道。

瑞安再次点了点头。

"可是……要是我们输了呢?你知道,这是很有可能的,那样会不会把事情弄得更糟?当着督察员的面?"

瑞安又一次点了点头。

"那是我们必须要承担的风险。"他说。

卡特先生转过身,有些害怕地看着迪欧娜,她仍然站在会场后面,面无表情。

就在这时,这张毫无表情的脸慢慢地变成了一张狂热、自信且充满挑衅的脸。

"放马过来!!"她喊道。

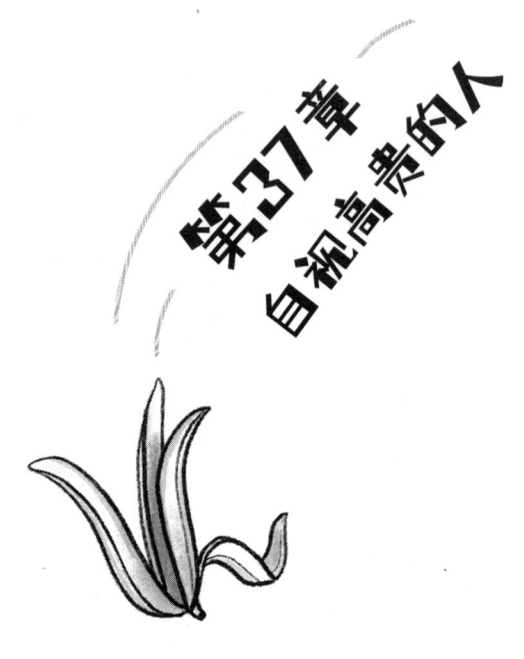

第37章 自视高贵的人

这周布拉克特·伍德学校全体出动。卡特先生出院后制定的所有疯狂规则都撤销了。一份新的健康的午餐菜单取代了荒唐的甜食（这意味着他们剩下了很多蛋糕粉），斯卡利特和斯特林将这份菜单在INS上发给了杰米·奥利弗，得到了他的认可。两只乌龟收拾得整洁干净，内衣裤也被脱了下来。最后就连厕所也干干净净的，一个水暖工过来疏通了自1999年来就堵塞的三个厕所。

这一切竟然很快完工了。布拉克特·伍德学校似乎有了一

第37章 自视高贵的人

种新的合作精神,师生们合作无间。瑞安和卡特先生,带领着由最有进取心、最勤勉的学生组成的学校理事会,他们要确保新制度的种种措施真正付诸实施。

令人惊奇的是,瑞安和卡特先生竟然相处得来,似乎他们俩都意识到了一些事情。尽管他们俩都不知道什么时候——甚至是否——可以回到自己的身体里,但在此期间学校被关闭对他俩都没好处,他们倒不如携手共进。

因为他们协作,卡特先生和迪欧娜去见奥克罗夫特校长的那天,瑞安也跟过去了。

"来!"女爵瓦伦廷·法恩夫人说。

卡特先生有点儿迷惑。他们站在她办公室的木板门外面,它在一条长长的木地板走廊的尽头。虽然有一些孩子在附近晃悠,但这里寂静无声。没有人大喊大叫,也没有人被绊倒产生的碰撞声或砰砰声,没有饮料泼洒出来,没有寄物柜被砰地关上。换句话说,这里似乎与布拉克特·伍德截然不同。

"她让我们进去。"瑞安说。

"对,上流社会的人让别人进来时,有时候只说'来'。"迪欧娜说。

"来!"

"我们最好进去。"瑞安说。

房间里面比外面更安静,铺着非常豪华的地毯。木质镶板比外面更有木香,也更光洁。这里就像一所除了落地式大摆钟的嘀嗒声外,没有任何声音的房间。可这里没有大摆钟,这里悄然无声。直到有人说话打破了寂静……

"啊!这是布拉克特·伍德学校的朋友们!好极了!"

"噢,天哪!"卡特先生说,他意识到这是办公桌后面的女爵瓦伦廷·法恩夫人在说话。嗯,不仅仅是在说话。

"你说什么?"

"哦,我本来以为你这么说话,是因为我们在门外边,没想到原来你一直就这么说话!"

"一直怎么说话?"

女爵瓦伦廷·法恩夫人的样子令人生畏。首先,她的头发像竖起来的大波浪,是亮橙色的,还有着类似唐纳德·特朗普的肤色。虽然她身体并不高大,却似乎占据了大半个房间。她穿着一件鲜红色的连衣裙,这跟她的头发非常不搭。她的胸前——我可以说胸吗?哦,我说了——挂着一副链条眼镜。

她好像也没有察觉到自己在大叫着说话。

第 37 章 自视高贵的人

"瓦伦廷·法恩夫人——"瑞安平静地说。

"**女爵！**"瓦伦廷·法恩夫人说。

"你说什么？"

"瓦伦廷·法恩夫人，相信见多识广的人都知道，"一个声音在一旁出现，"拥有女王陛下亲自授予的荣誉，感谢她为教育做出的贡献。"

瑞安和卡特先生扭过头。旁边站着一个女孩和一个男孩。他们大概是六年级的，但看上去年纪大得多。女孩高高的，长着尖尖的鹰钩鼻，短发生硬地偏分。她抱着双臂站着，直愣愣地盯着他们。男孩个子更高，留着金色的长发，站在校长办公室的墙边，一只胳膊靠在墙上，仿佛他是个模特。"对，因为她在教育界的成就，所以获此殊荣。我姑祖母说她是最好的。"

"你的姑祖母？"卡特先生说。

"哦，抱歉，我姑祖母是女王陛下，伊丽莎白二世。祝她诸事顺遂，快乐无边。"

卡特和瑞安目瞪口呆。女孩接着说："因此，瓦伦廷·法恩夫人喜欢被称为女爵瓦伦廷·法恩夫人。"

"是的，没错。谢谢你，比琳达。谢谢你，托比！" 女爵瓦伦廷·法恩夫人说着从胸前拿起她的眼镜——哦，不，我又说了这个词！她把眼镜架在鼻子上，仿佛想更仔细地看看这些奇怪的访客，**"好了，有什么事吗？"**

"哦，"瑞安说，"我们的校长可以说明一下，对吧，卡特先生？"

"那家伙是女王的外甥女？"卡特先生说。

"显然是侄孙女。你可以吗，卡特先生？"

第 37 章　自视高贵的人

"什么?"

"噢,天哪。说明一下,我们来这里做什么。"

"噢,对。"卡特先生转向女爵瓦伦廷·法恩夫人,"我们想和你们进行一场辩论比赛!"

"你说什么?"

"你们对我们。在我们学校,下周一。'防蠢办'担任评判。你觉得怎么样?"

女爵瓦伦廷·法恩夫人皱了皱眉。她看了看比琳达和托比,他们也皱着眉头。她说:"哦,我们要说的是……"

然后他们一起开始……

"哈哈哈哈哈哈哈哈哈哈哈哈!"

他们又同一时间停了下来,这很厉害。卡特先生和瑞安看着彼此。

"什么,就这样?"卡特先生说,"笑话我们?"

"哈哈哈哈哈哈哈哈哈哈!"

这次他们停下来时,没能保持相同的节奏。"哈哈,哈!"托比笑道。

"非常抱歉,卡特先生。我不是有意要嘲笑你们,可是我们学校连续十五年获得全国小学生辩论赛冠军！而布拉克特·伍德学校……呃……布拉克特·伍德学校，你们知道的！"

卡特先生看着她。他身体里面的那个男孩，过去六年一直在布拉克特·伍德学校上学，他把大部分校园时间都花在了捉弄老师上，并且以此为乐，此刻他感到莫名地愤怒。

"不，"他说，"我不知道你是什么意思！"

"我也不明白！"瑞安说着与他并肩而立。

女爵瓦伦廷·法恩夫人摘下眼镜，放回那个你知道的地方。她扬了扬眉毛，一点儿也不习惯被质疑。她站起身，似乎要数落他们一顿。可在她张嘴说话之前，比琳达说："你呢，迪欧娜？"

每个人都四下张望。这时，卡特先生才意识到自从他们进入这间办公室，迪欧娜一句话也没有说。她故意低着头，没有看比琳达。比琳达脸上仍然挂着诡秘的笑容。

"迪欧娜？是你吗？迪欧娜·巴克斯特？以前是这里的学生？"

"噢，什么，比琳达？"托比说，"那个拿奖学金的女孩？是她吗？她有个从尼日利亚来的妈妈？但不是公主或类似的贵族。"

"迪欧娜？太棒了！在你遗憾……离开之

第 37 章 自视高贵的人

前,你的确是我们辩论队的一位初级成员!"

"是的,真让人遗憾,"比琳达说,但她看上去一点儿也不遗憾,"你现在更快乐吗,迪欧娜?在……再说一遍那所学校叫什么来着,托比?"

"普拉克特·胡德?"

"是的,你在普拉克特·胡德更快乐吗?"

卡特先生和瑞安交换了眼色,迪欧娜慢慢地抬起头来,看着比琳达,平静地说:"是的,比琳达,谢谢你。非常快乐。尽管……"

"什么?"比琳达说,似乎很渴望听到些什么。

"等到我和布拉克特·伍德学校辩论队的其他队员打败你们这些自视高贵的人时,我会更开心!下周见!"

说完这句话,她就穿过橡木镶板门走了。只剩下卡特先生和瑞安,非常尴尬,不知如何是好。

最后,瑞安咳了一声,说:"好的。好了,到时见!"

"好,"卡特先生说,"再见!"

两人拖着步子离开了。

第38章 附：屁股屁股屁股

卡特先生、迪欧娜和瑞安离开奥克罗夫特后，有一阵子没有任何动静。他们以为也许女爵瓦伦廷·法恩夫人不想接受挑战。

然后学校邮箱收到了封邮件。

邮件是这样写的:

第38章 附：屁股屁股屁股

给：HeadTeacher@BracketWoodSchool.com

来自：MrsValentineFineOBE@Oakcroft.edu

亲爱的卡特先生：

很感谢您昨天到访我的办公室，并要求和我们学校进行一场辩论比赛。我们慎重考虑之后，决定接受你们的挑战。我们只有一个条件，辩题必须是：

布拉克特·伍德学校是垃圾学校。

我们学校是正方，你们是反方。我希望这能符合你们的要求。

您忠实的，

女爵瓦伦廷·法恩夫人

卡特先生读完这封邮件后，真想不客气地回一封邮件（想到现在大多数人都知道他是个大人，他可以用一些成年人的脏话，而没人会责备他）。但是，他跟迪欧娜讨论了一下，她说："对，你是对的，他们在嘲笑我们，这样我们更加有理由把他们打得落花流水！"

于是,她在他身后看着,他回邮件道:

给:MrsValentineFineOBE@Oakcroft.edu
来自:HeadTeacher@BracketWoodSchool.com

亲爱的女爵瓦伦廷·法恩夫人,

　　谢谢您发来邮件。是的,很好。这个辩题不错,特别好,太妙了!

您真挚的,

卡特先生

第38章 附：屁股屁股屁股

附：屁股

又附：对不起，有人侵入了我的电脑，是您的母亲。

迪欧娜的确考虑过让他删掉附言，但转念一想，就这样吧。

他们捧腹大笑，停不下来，直到他们意识到他们得赶紧安排面试——来招纳辩论队除迪欧娜外的第二位成员。

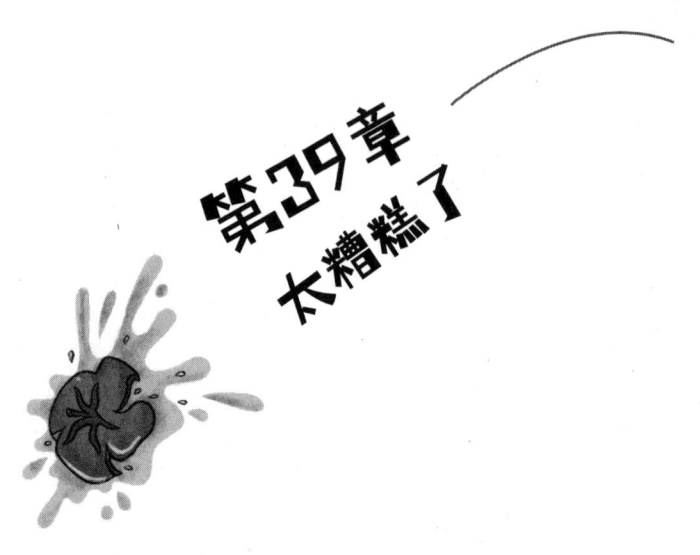

第39章 太糟糕了

"本队相信……"

"我的队伍?我的队伍什么也不相信,它没人。"

迪欧娜绝望地看着卡特先生,他回过头来,勉强地挤出一个微笑,仿佛事情还不算糟糕,可情况其实很糟糕。自从在走廊张贴了这样一个告示:

辩论队面试,下午1:15。

莫里斯·福西特是告示贴出后来的第十五个孩子。

进展并不顺利。

第 39 章 太糟糕了

"不,莫里斯,"迪欧娜,"不是指你真正的队伍。"

"嗯,为什么你说是的?"

"我没有。我说的是'本队'。"

"哦。"莫里斯皱了皱眉,四下张望,"那不是一支队伍,是一个团队?"

迪欧娜无奈地双手捂住脸。

卡特先生说:"好了,谢谢,莫里斯。我们会通知你的。"

"你们会通知我什么?"

"快走吧。"

莫里斯点了点头,仿佛他经常听到这句话,并照做了。

"我们要怎么办?"门关上后,迪欧娜说。

"哦,他不是学校最聪明的学生。"

"你说得太对了。"

"哦,他不是——"

"请别讲那个笑话。"

"也行,但其他人没那么糟。"

迪欧娜低头看她做的笔记。

"斯卡利特和斯特林:开发了一个辩论应用程序可以帮我们的忙。当我问周一前能否完成时,他们答复说:'不行,我们还在等待法律许可，直到我们十六岁才能通过。'斯特林还需要九年。"

"是的，但——"

"马尔科姆·贝利：擅长拿腔拿调地模仿动物，但不擅长辩论。"

"呃。"

"阿尔菲·穆尔：他似乎认为只靠喊'我会随心所欲'就能赢。"

"是的，这很奇葩。"

"小班的卡斯珀：主要的兴趣是唱《巴士上的车轮》。"她抬起头，"我在他的名字旁边写了'备选'，事情还真是不妙啊。"

"是的，你说得没错。这些面试的同学可都不太行。下周一就是辩论赛了，那时'防蠢办'也会再来。今天已经周五了，我们该怎么办？"

她摇了摇头。

这时门开了，瑞安走了进来。"现在怎么样了？"他说。

卡特先生和迪欧娜看了看对方，浅笑了一下。

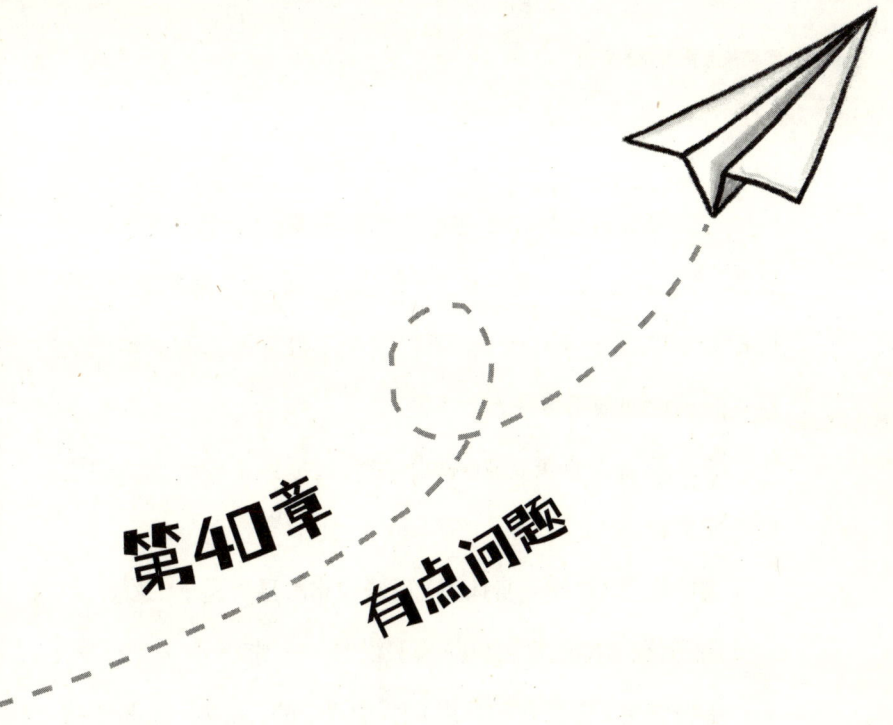

第40章 有点问题

"我心里还是没底。"瑞安说。星期一下午他跟迪欧娜在会场讲台后面的一个小房间里等待。

"哦,别这样,卡特先生,"她回答道,"我们已经讨论过这件事了。"

没错。瑞安——准确来说,瑞安体内的卡特先生——坚决反对这个主意。也就是让他担任布拉克特·伍德辩论队的第二位辩手的主意,那天他进门时,迪欧娜和卡特先生同时想到了这一点。

他觉得这是作弊。虽然他目前占据着一个十一岁男孩的身体，但实际上是一个四十三岁的人——是个非常严厉的、按规矩办事的四十三岁校长，所以这种不公平的占对方辩论队便宜的事让他很不自在。

迪欧娜查了查辩论的规则，并没有提到学校辩论队的成员不能是成年人的问题。

卡特先生（在瑞安身体里）反驳说年龄最大是十二岁。

瑞安（在卡特先生身体里）反驳说他——瑞安——是十一岁。

卡特先生（你懂我的意思）答道："是的，我实际上是卡特先生。"

瑞安说："卡特先生，我们每个人中都有一点点其他人。"

"这是什么意思？"卡特先生说（在瑞安身体里）。

"是啊，这是什么意思？"迪欧娜说，"这是泰勒·斯威夫特的歌词吗？"

"呃，好吧，也许我有点词不达意，"瑞安说（在卡特先生身体里），"但是——"他继续说，仔细看着之前属于他的身体，"我想知道我从哪里开始，你从哪里结束，我们是否并没有完全变成彼此。"

他说这话时，他们两个都感到有点儿害怕。也许，只是

第40章 有点问题

为了打消卡特先生和瑞安会永远交换身体的这个念头,卡特先生——显然是瑞安的声音——说:"好吧,好吧,我会参加辩论的。"

或许这就是他现在说没底的原因。毕竟,这不是个有力的论点,当你要参加一场辩论时,这就有点儿成问题了。

第41章
雪莉女爵

"卡特先生,我们非常震惊!"曼先生说着在会场前排的座位上坐了下来。全校师生坐在他们后面,等待着。

"的确是的,"马利克小姐说着掏出她的笔记本,"看看我标记的地方。食物、行为举止(在课堂、操场和走廊)、教学。"

"谢谢你们。"巴林顿先生说,他坐在后面。

"不过,对于他,我还不好说,"马利克小姐轻声地说,"但其他人很好。"

"厕所呢?"卡特先生说。

第 41 章 雪莉女爵

"就连厕所也很好。"

"我很高兴使用它们,"曼先生说,"实际上,不能说高兴,毕竟我不舒服地蹲了很久,双腿都不听使唤了。但是厕所确实一尘不染。"

"哦……很好。"卡特先生说。

"不过,显然,"曼先生继续说,"那只是达到了标准,我们追求的总是更好一点儿。"

卡特先生热情地点了点头,他明白那是真正的卡特先生在这种情况下会做的事情。

"是的,"他说,"因此,为了展示自从上次以来布拉克特·伍德学校的改进,我们组织了一场辩论赛!"

"一场辩论赛!"马利克小姐说着,在笔记本上写了下来,"这真是个好主意。"

"谢谢!你们愿意当裁判吗?"

"当然。"

"是的,"曼先生说,"我爱辩论!太好了!辩题是什么?"

"哦……"卡特先生说着,指向讲台的方向,那边挂着一条横幅。

这是所垃圾学校

"哦……"曼先生说。

"哦……"马利克小姐说。

"嗯,我刚刚想到,"卡特先生说,"对你们来说,这不是一个很有建设性的辩题。但是,你们知道,显然我们是反方。"

"我明白,"马利克小姐说,"嗯,如果你们赢了,那就再好不过了。"

"唔,"曼先生说,"你们跟谁辩论?"

"奥克——"卡特先生说。

"曼先生!马利克小姐!又见到你们真是太好了!尤其是你们连续第五次将我们学校评为优秀!"

卡特先生从座位上抬起头,看见女爵瓦伦廷·法恩夫人张开双臂,站在两位"防蠢办"督察员的面前。

第41章 雪莉女爵

她身后是比琳达、托比和一大帮身着整洁校服的奥克罗夫特小学生。

"女爵瓦伦廷·法恩夫人!"曼先生说着,站起身。

"拜托,叫我雪莉。"

"雪莉!"

"但仍然是女爵。"

"对不起,女爵!"

"你在这里真是太好了!话说回来,布赖恩,我记得1977年你可是我们辩论队的队长!"

"哦,雪莉女爵。我还以为你忘了!"

曼先生给了女爵瓦伦廷·法恩夫人一个大大的拥抱。

"——罗夫特。"卡特先生说完,可显然没人听见他说话。

第47章
你会后悔的

"哦,天哪,"卡特先生说着,走进后台,"我觉得外面的事情可能比我们预想的更艰难!"

"不仅是外面,"迪欧娜说着,指向瑞安,"他又一直在唠叨,参加辩论赛让他很没底。"

"别!"

"老实说,我也没底。"

"什么?"

"我很害怕,"她说,"我刚刚往外看,我知道我们在瓦伦

第42章 你会后悔的

廷·法恩夫人——"

"女爵。"卡特先生和瑞安异口同声地说。

"无所谓……我们在她办公室的时候,我把他们镇住了,但是那个女孩比琳达——她是最坏的。"

"最坏的什么?"

"对我最坏的恶霸!我当时,没想到她和那个时髦的男孩托比都是奥克罗夫特辩论队的。"

"好的……嗯——"

"这很糟糕,仅仅只是看一眼,看见他们得意地笑,就让我十分紧张!我不知道我能不能做到,瑞安!"

"好吧,别向我求救。"瑞安说,"你知道的,我有自己的问题。"

"我想她是在跟我说。"卡特先生说。

"哦,对!"瑞安说。迪欧娜退到角落里,轻声抽噎起来。卡特先生无助地看着她。

"哦……"瑞安说着,凑近他,轻声说,"你知道你说过的关于我们变成彼此的那件事?"

卡特先生点了点头。

"为了我们两个,我希望事情不要这样发展。但是!如果你的确因为我,变得更成熟一些,更像校长——"他朝后面看了看迪欧娜,"你就应该有能力处理这种情况。"

说完,他让开了。卡特先生看着迪欧娜,她仍在抽泣。他吸了口气,走近她。

"听着……迪,你能做到的。我知道你能。"

"你怎么知道?"她紧张得喉咙发紧,问道。

"因为我了解你。我知道你在奥克罗夫特过得不开心,但你离开那里并不意味着他们赢了。今天,现在,你可以展示给他们看。因为我知道你非常勇敢。"

"我吗?"

"是的,不管什么恶作剧,你一直是我的得力助手。还记得我们把那桶青蛙放在教室门口吗?你负责制造噪声,这样巴林顿先生就头也不抬地飞奔进了教室。你尽了全力!"

迪欧娜笑了,虽然她还在哭。

"还有那一次,我们去图书馆找名字搞笑的书。你直接去问图书馆管理员要休·贾斯的《大裤衩》。"

迪欧娜笑得更开心了。

第 42 章 你会后悔的

"你要的是威利·马基特的《离厕所五十码》!"她说。

"没错!"

"查姆利先生在他的卡片里找了好久!"

"嗯……"瑞安说着,走了过来,"我不确定,这是我认为的……成熟。"

卡特先生和迪欧娜互相看了看。

"问题解决了!"她说,"让我们出去打败他们吧!"

"好!"卡特先生说。他们正要去会场的讲台上时,一阵"嘟嘟"的声音传来。

"这是什么声音?"卡特先生说。

"我的手机。"瑞安说。

"是吗?"

"是的。"

卡特先生拍了拍自己的西装。

"它在哪里?"

"里边的口袋。我总是把手机放在那里。"

"我吗?"

"是的,我是。"

卡特先生把手伸进里面的口袋,掏出手机,瑞安抢了过去。

"嘿!"卡特先生说。

"这是我的手机。"

卡特先生看着瑞安手中的手机。那是一部智能手机,很朴素,连酷酷的手机套都没有。

"是的,显然。"他说。可瑞安什么也没说。他在读一条短信。他抬起头时,满脸不悦。

"你去了圣维尼弗莱德医院?"他厉声说。

"嗯,是的。你怎么——"

"这条短信上说——"他又看了下,"我母亲希望我能尽快再去看她。因为她的身体越来越虚弱了。"

"哦,"卡特先生说,"我很抱歉。"

"上面还说……"瑞安对着屏幕拼命皱眉头,"我上次到访,当然说的是你,非常特别,对她来说,比以往任何一次拜访都……"他停顿了下,缓缓读出后面的词,"重要"。瑞安似乎花了好长的时间来理解这句话的含义。然后他抬起头来,脸色铁青,"哦,好了。"他说着,似乎是自言自语。

"听我说,卡特先生,"卡特先生说,"我……"可他不知道

第42章 你会后悔的

说什么好,一阵尴尬的沉默。

最后,瑞安咬紧嘴唇,说:"你为什么那么做?去看她?她是我的母亲。"

卡特先生低下头,他确实有理由,但他不知道那些理由是否能平息瑞安的怒火,他被吓到了。虽然他个子算高,但此时内在的他在退缩。

卡特先生耸了耸肩,仍然低着头。别人从远处看或许会觉得奇怪:校长,一个穿西装的大人,却像一个受训的孩子,而穿着校服的男孩正在训斥他。

"这场所谓的辩论赛什么时候噢什么时候噢什么时候开始?"会场传来女爵响亮的声音。

"好吧,我们可以把布拉克特·伍德队的迟到作为我们的论据之一,不是吗,托比?"另一个人说。

"你说得对极了,比琳达,好主意。"

"拜托!"迪欧娜不屑地说,从他们两人身边经过。

她走上讲台。卡特先生终于抬起头,他看见瑞安仍然盯着他。

"你会后悔的,瑞安·沃德。你会后悔不迭的。"他说着跟在迪欧娜后面走了上去。

第43章
渣滓

"总而言之,本校的论点十分明确。这所学校,杰克特·福德综合学校,首先,在'防蠢办'的报告上一再评分不佳——"比琳达正陈述着,已经有一段时间了,她已经向曼先生和马利克小姐行过屈膝礼,"其次,学校没有任何改善。最近,这所学校处于极度糟糕的状态。经常能听到在教室、走廊里一片混乱,午餐时间全吃甜食——甜食!家庭作业被取消,教师短缺,竟然有小班的孩子来当老师!"

卡特先生想举手,提请注意:那不是因为教师短缺!我那

第 43 章 渣滓

么做只是因为那很好玩！就是那样！可是他坐在观众席，而不是在辩论队里，他这么做没有意义。此外，这也于事无补。于是他只好干坐在那里，看着比琳达充满自信地大步走到讲台前面。

大厅里，布拉克特·伍德的学生们坐着——年龄大一些的坐在椅子上，小一些的则盘腿坐在前面的空地上。奥克罗夫特来访的男孩和女孩靠墙一字排开。此时台上，摆着六个座位，两两相对。

左手边是奥克罗夫特队。比琳达，直到开始演讲，她一直跟托比坐在那里。右手边，目前看上去有点愁眉不展，坐着迪欧娜和瑞安。中间是曼先生和马利克小姐。在他们头顶上空挂着"**这是所垃圾学校**"的横幅。比琳达嘴里说出每一个词时，这句话似乎都闪着更强烈的光芒。

"第三，"她说着，缓缓地把脸从一边移到另一边，脸上露出一种假笑，那似乎是她默认的表情，"看看你们周围。我不想无礼……"

是吗？卡特先生想（顺便提一句，那是卡特先生身体内的瑞安）。

"可是，真的……"

大厅里，布拉克特·伍德的孩子们照她说的做了。巴里·贝内特看着他的朋友们——杰克、卢卡斯和塔杰，然后看向埃莉·斯通，她在看她的兄弟弗雷德，弗雷德越过她看向马尔科姆·贝利，马尔科姆·贝利望着塞姆·格林，塞姆·格林对阿尔菲·穆尔皱起眉头，阿尔菲·穆尔在看斯特林和斯卡利特，斯特林和斯卡利特看着彼此，虽然他们中间坐着一个叫普拉吉特的五年级男孩，他闻起来有伟嘉猫食的气味，他看着伊丝拉·福西特，伊丝拉看着她哥哥莫里斯，莫里斯闭着眼睛，因为他睡着了。

他们（显然，除了莫里斯）脸上都挂着这样一种表情：哦，也许她是对的。

"再看看我们，"比琳达继续说，"我跟托比，奥克罗夫特学校的代表。"说到奥克罗夫特时，她带着特别的敬意，好像她在赞颂王室一般。她用双手做出指向自己的手势，仿佛在打开她面前一副隐形的窗帘，"看看我们的衣服，我们的仪态，我们天生的自信、才智和风度。"她得意地走到托比身边，托比跟她一样站起身，"这才是小学生该有的样子，事实上，就应该是这样。我们学校当然不是垃圾类的，而是更高贵的……"

观众席上，女爵瓦伦廷·法恩夫人用食指打了个小手势，

第 43 章　渣滓

意思是说不是那样,比琳达——有点儿过头了。

"抱歉,我收回这句话,"比琳达说,她几乎不用停下来换口气,"小学生的模范。可以说是,模范学生。与——"她看了看对面布拉克特·伍德队坐的地方,盯着迪欧娜,"垃圾学生截然相反。"令人惊奇的是,她说这话时,她的假笑变成了灿烂的笑容。她回过头,仍然笑着面向观众。

"站在这里,我希望尊贵的'防蠢办'评判员认可我的论点。非常感谢!"

一阵沉默后,从女爵瓦伦廷·法恩夫人所坐的地方传来一阵热烈的喝彩声。

"好极了,好极了!再来一个!说得好,说得好!"

这时,靠墙的奥克罗夫特学生也加入了进来,拍手喊叫,"是的!好样的,比琳达!干得好!做得好,女孩。"诸如此类的话。

比琳达坐了下来,仿佛大功告成。芬奇小姐从卡特先生身后靠了过来,轻声说:"她的话让人恼火,但她演讲时非常自信,也许得分不少……"

"也许。"卡特先生答道,并看向马利克小姐,她正快速而潦草地在笔记本上写着。"但是迪欧娜很优秀。"其实他想说,并且瑞安实际上四十三岁了,那会有帮助。但他压抑住了冲动。"此外,那个时髦的男孩要先说,我觉得他并不如比琳达厉害。"

"谢谢你,比琳达,奥克罗夫特队队长,"马利克小姐说,"现在,托比,该你了。"

托比站起身,他蓬松的长刘海儿落在眼睛上。他把手插在口袋里,缓步向前。

"好的,正如比琳达所说的,我的意思是说,这所学校,真的很粗陋。他们的学生是渣滓,而我们奥克罗夫特的学生,显而易见,完美无缺。所以投票给我们。"说这话时他笑了,还咂了咂嘴,眨了眨眼,用两个食指指着观众。

"看见了吧?"卡特先生低声说,他还回头看了看芬奇小姐,"这不会给奥克罗夫特加多少分——"

但突然他就不再说话。他注意到芬奇小姐并没有听。她神情恍惚地看着托比,托比仍然站着,满脸微笑,露出一口白牙。

他环顾四周,看见每个女孩和女老师——还有很多男孩和男老师——也跟她一样直直地盯着托比。

整个会场响起又一阵热烈的掌声,卡特先生注意到"防蠢办"的督察员、辩论赛裁判马利克小姐也在一个劲儿地鼓掌,还出神地盯着托比。

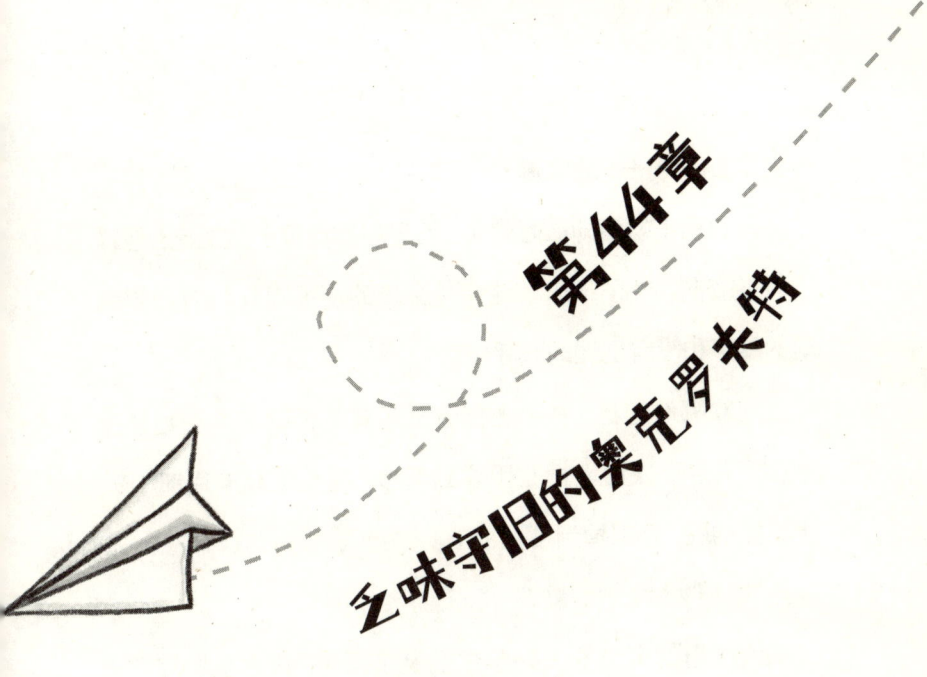

第44章 乏味守旧的奥克罗夫特

"马利克小姐？"掌声停止后，曼先生说道。

"唔？"说话时，她仍然盯着托比。

"该进行下一步了！"

"什么？哦，是的……"她还在对着托比微笑，"到目前为止还是很棒的。引人入胜，真的。"她转头看向布拉克特·伍德队。迪欧娜和瑞安在等待。两人看上去都不自信——迪欧娜显得很紧张，瑞安则闷闷不乐。

"那么，"马利克小姐说，"现在轮到布拉克特·伍德了。第一个发言的是——迪欧娜·巴克斯特!"

马利克小姐随即鼓起掌来,但还不时地瞥一眼托比,他终于改变姿势,坐了下来。这会儿会场的主场观众只有一阵稀疏的掌声和没有把握的欢呼声。

迪欧娜站起身,右手上握着一些有笔记的卡片。她紧张地咳了几声,快速地把右手拿到嘴边,结果所有卡片都"撞"上了她的脸,全都掉到了地板上。

"噢!"她说,"抱歉。"

大厅里的奥克罗夫特学生们笑了起来,讲台上奥克罗夫特区域也传来了两声大笑。

迪欧娜开始捡卡片,可那种卡片很容易粘在地上,她花了差不多十秒钟的时间才从地上揭下一张。她叹了口气,摇摇头放弃了。

"哦,没关系,"她自言自语,"反正我知道我要说什么。"

她面朝前方,走到讲台前面。

"从某些方面来说,他们是对的,不是吗?"她面对大厅讲话,随手指了指比琳达和托比,"这所学校的学生也许永远没法像'贝利'和'托比斯'那样善于辞令、妙语连珠。"

迪欧娜说出优雅的绰号时,观众席上传来一阵哄笑。比

第44章 乏味守旧的奥克罗夫特

琳达抽了抽鼻子,看向别处,似乎并没有听。托比呢,则再一次撩开眼前的头发。

"如果评价一所小学是好小学的唯一标准,是看有多少孩子进入第一流的中学——那么,我认为奥克罗夫特每次都会赢。"

观众席前面,女爵瓦伦廷·法恩夫人激动地点了点头。

"她说得很好,对我们有好处!"她尽量低声说,不过听起来更像是带着喘息声的喊叫。

"可是还有一些其他重要的因素,"迪欧娜继续说,"能让一个学校成为好学校。第一,我得说,是快乐。也许瓦伦廷·法恩夫人——"

"女爵!"

"并不会很重视这点。但是,这次辩论赛,我的观点很特别。对于小班和一二年级的学生来说,那意味着我是独一无二的我。即便这场辩论不是有关奥克罗夫特是否比布拉克特·伍德好,比琳达和托比多多少少也会把这场辩论变成这样。他们说,布拉克特·伍德,显然是垃圾学校,因为奥克罗夫特好得多。可是我的特殊情况在于,我在这两所小学都上过学。我以前在奥克罗夫特,现在在这里。我甚至不知道要从哪儿开始告诉你们——我在这里有多么快乐。"

大厅里一阵窃窃私语——出于兴奋、惊奇以及局面可能得到扭转的激动。

"我去奥克罗夫特上学时,父母和我都非常激动。那可是这个地区最好的学校,像我这样的孩子本来是去不了那种学校的。可问题是——我在那里一直感觉格格不入,就像一个不该出现在那里的人。甚至一些老师,也不时让我有这种感觉。而且,还有一些学生也一直让我感觉如此……"

迪欧娜意味深长地看了看比琳达。比琳达试图抽着鼻子,看向别处,但她一开始就看着别处,这下意味着她的头要扭得更厉害。这个不明智的主意,几乎让她的脸完全扭到了身后。

"哎呦!"比琳达叫道。

"怎么了,贝尔斯?"

"我扭到脖子了!"

"但是,"迪欧娜说,"我们就不谈这个了。我可不想通过请求你们的怜悯,或是喋喋不休地谈论过去在那所学校发生的事情来赢得这场辩论赛。我想说说我现在多么喜欢这里,喜欢这所学校。说实话,大家都知道学校很无聊,学校也不是为了好玩儿才建的。虽然有些学校可以做到,它们做得到是因为那个学校让你感觉安全,没有霸凌,所以在无聊之外,你

第 44 章　乏味守旧的奥克罗夫特

还可以找到乐趣。"

说到这里时,她直视着卡特先生,他坐在那里,心里希望她能赢,希望她继续动情地讲下去。

"跟朋友们玩得开心。我喜欢这所学校,我认为这是一所好学校,因为这所学校很友好。我在这里交到了真正的可爱的好朋友。这就是为什么在任何情况下,我宁愿在这里,也不愿意去乏味守旧的奥克罗夫特!"

迪欧娜走回辩席坐了下来。卡特先生注视着她。这个月第二次,认识校长一段时间的人或许会很惊讶地发现他眼中有一滴泪,正顺着脸颊滚下来。不过,这次眼泪伴随着灿烂的笑容和朝着迪欧娜那个方向的大大的赞许。

她看见了,并对他报以微笑。

就在这时,大厅里响起了雷鸣般的掌声,有人鼓掌,有人欢呼,还有人跺脚。当然都是布拉克特·伍德的孩子(和教员),但连托比也加入了其中,直到比琳达拍了他一下。

"哦,好的。对不起。"他说。

"不错,"曼先生说着,从椅子上起身,"我不得不说,布拉克特·伍德辩论队队长的演讲非常精彩,这场比赛比我们想象的更势均力敌⋯⋯⋯⋯这意味着一切得看最后的发言,那就是来自布拉克特·伍德的二辩——瑞安·沃德！"

会场此时鸦雀无声。大家都看向布拉克特·伍德那边的第二个席位。迪欧娜演讲的大部分时间，瑞安都低着头，而这时他抬起头来。

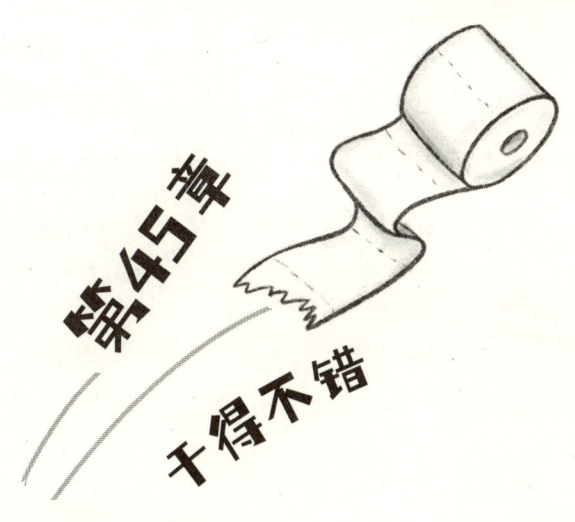

第45章 干得不错

瑞安起身准备发言时,巴林顿先生转向卡特先生,低声说:"哦……校长……瑞安·沃德?真的?"

芬奇小姐探过身来,补充道:"是的,我们真的确定吗?"

王老师说:"怎么会呢?不会是他。"

就连杰拉德小姐——她晚到了,而且在辩论赛过程中,她大部分时间似乎都闭着眼睛——也喃喃道:"那么,完了。"

"不!"卡特先生对他们说,"不会有事的!你们接下来看着。你们或许没有注意到……但是瑞安,"说到这里,他自信地笑了,"他最近成熟了不少。"他仍然面带微笑,回头看了看讲台,双臂交叉放在胸前,"老师们,你们即将看到他成熟的表现。马上!"

老师们纷纷转过头来。瑞安·沃德来到讲台前面。他摸了摸下巴,皱了皱眉,讲起话来,仿佛他要非常慎重地陈述一个论点。

"屁股、屁屁、小鸡鸡。"短暂的停顿之后,他的声音更大一些了,"小鸡鸡!屁屁!屁股!"接着,他举起一根手指,仿佛要展开一场严肃的辩论,"小鸡鸡,小鸡鸡,小鸡鸡?屁屁?屁股?放屁!但肯定有其他问题,你们说呢?是的,有。"

"呃……"卡特先生小声地安慰老师们,此时他们个个瞠目结舌,"也许他是在暖场。"

"短裤!"

"哦。"

"短裤,短裤,短裤,短裤,短裤。还有屎。屁股巧克力!当然。"

迪欧娜、比琳达、托比、女爵瓦伦廷·法恩夫人及会场的其他人全都目瞪口呆。除了一到四年级的学生,他们正笑得歇斯底里。不过,他们中一些人也惊讶地张着嘴。

第 45 章 干得不错

"还有什么可说的?鼻涕,我想。内裤!虽然我自己不一定支持,有些人会说,撒尿。"他停住了,似乎得出了结论,"好了,女士们、先生们、孩子们、尊敬的裁判们,我可以总结我在这次辩论中争论的一切,通过说……"

说到这里,他伸出舌头,说:

啵啵啵尔尔尔尔尔尔尔尔
尔啵啵啵尔尔尔尔尔尔尔!

这或许是在场的所有人听过的最响亮最长的呸声。说完这个,瑞安·沃德点了点头,就像你认为事情干得不错之后所做的那样,走下讲台,离开了会场。

第46章
我的天啊

"呃!"曼先生说着站起身,"我想辩论到此结束了吧。最后的演讲有点出乎意料。关于哪一方获胜,我们真的无须过多地思考,是吧,马利克小姐?我的意思是,老实说的话?"

卡特先生看了看,竭力地把目光投向迪欧娜,她看上去很沮丧。

"我不这么认为!"

"不,可不是,女爵瓦伦廷·法恩夫人。那么,这场辩论比赛的获胜者,事实上有关'这是所垃圾学校'的辩论,当然

第 46 章 我的天啊

是……"

"稍等!"马利克小姐说。

曼先生皱了皱眉。"什么?"

"我说稍等一分钟。你忘了那个女孩的演讲——迪欧娜的演讲——非常出色。"

"嗯,"曼先生说,"我没有忘记,只是觉得她的良好表现有几分被二辩手的演讲抵消了。如果你记得的话,二辩手的演讲可主要是一些粗话。"

"正是!"

"说得对!"比琳达说。

"对!"托比说。

"是的,但奥克罗夫特的二辩手也只是说了些漂亮话!那也没什么意义!"

"哦……"曼先生说着朝她和托比看了看,似乎有点恼火,"自始至终,你似乎都很欣赏托比的。"

"是的!他非常……干净利索。很好。可是说到底,我们在这里是为了评判这些孩子怎么组织比赛和进行辩论的。在这一点上,双方的第一场辩论都很有力度。即便奥克罗夫特的演讲显露了不少自我优越感……"

比琳达和女爵瓦伦廷·法恩夫人交换了一下困惑的眼神，仿佛她们压根儿不清楚"自我优越感"是什么意思。

"既然站在这里，我就希望你们认可这个辩题，"曼先生说，引用比琳达的话，"那是一个很好的前置状语……"

"也许。与此同时，双方二辩都……这么说吧，他们都有点儿让人吃惊。"

曼先生皱了皱眉，又点了点头："那么，你的意见呢？"

马利克小姐皱着眉，这时卡特先生突然起身，走到讲台上。

"平局？"他说。

马利克小姐和曼先生看着对方。

"唔……"曼先生说，"请给我们点儿时间讨论一下。"

他领马利克小姐去讲台侧边，两人在那里悄声议论。

此时，卡特先生听到一个声音，也是轻声细语。

"瑞安！"

他没有理会。好久没人叫他瑞安了，他以为是有人看见瑞安回到大厅了。

"瑞安！"还是那个声音，更加急切了。

"哦！"他回道，他这才意识到是迪欧娜在跟他说话。他走到她身边，她看上去满面愁容。

第 46 章 我的天啊

"平局不够好。"她悄声说。

"你这么说是什么意思?"他也小声说,"考虑到所有人都认为奥克罗夫特会赢,平局算是个好结果了。"

"哦,你这个笨蛋。辩论赛的结果并不重要!重要的是'防蠢办'的督察员给学校的评分。我们都知道我们需要赢得这场辩论,让他们给我们好的评级。"

"哦……对!"

"为什么卡特先生要说那些粗话?"

瑞安摇了摇头。"好像他妈妈的事情让他有点儿心烦,不过,我也不确定。"

迪欧娜紧锁双眉。"真希望他没有——哦!他们回来了。"

卡特先生朝四周看了看。马利克小姐和曼先生走过来了,脸上一副"我们做出了决定"的表情。

"好的,也许除了辩论比赛,我们可以给他们看点别的来说服他们提升评级?"

"哦,是的,没错。也许莫里斯·福西特可以跟布赖恩·考克斯换个脑子。"

"嗯,我跟卡特先生换个脑子。"

"瑞安。"

"迪欧娜,我不知道该说什么。我还能做点什么让他们明白这是一所好学校?"

"好了!"曼先生说,"我们认真讨论并斟酌了,正如有人提议的。"

"少说废话!"观众中有人喊——遗憾的是,这是布拉克特·伍德的一位学生发出的。卡特先生和迪欧娜皱起眉头。

"嗯哼,好的,"曼先生说,"正如卡特先生所建议的,我们的决定是——平局。"

"我的天啊,我简直不敢相信!"

"抱歉,女爵瓦伦廷·法恩夫人,这是我们最终的决定。我们觉得这个结果是公平的。"

"是的!"卡特先生说着,走了过来,"没错。裁判英明!来点掌声!"

会场内响起了一阵掌声。卡特先生立刻上前引导"防蠢办"的督察员,一边一个。他能想到的就是拖住他们,让他们开心,希望他们会给布拉克特·伍德更好的评级。

"来吧,大家,让我们为曼先生和马利克小姐鼓掌!"

掌声继续。

"谢谢你,卡特先生,"马利克小姐说,"我们很高兴,但我

第46章 我的天啊

们真的得走了。"

"请将掌声献给曼先生和马利克小姐!"

"真的,卡特先生!"曼先生说,"谢谢你,但就像我同事所说,我们今天很忙,还要视察其他学校!"

"好啊!好啊!好'防蠢办'!"

"好啦,我们要走了!这场闹剧之后,我们要回到文明社会了!" 女爵瓦伦廷·法恩夫人喊着,来到讲台上,**"走吧,比琳达!托比!"**

他们站起身,跟在她后面,但卡特先生没有看他们,也没有听"防蠢办"督察员的抗议。他不知道现在该怎么办,但觉得叫喊和欢呼总会有点儿用,于是他再次把督察员往他前面推并大喊道:"噢!喔喔喔!耶,'防蠢办'!你们是最棒的!"

这完全不管用。曼先生和马利克小姐看上去一脸尴尬,而且越来越尴尬,因为卡特先生把他们推到了女爵瓦伦廷·法恩夫人、托比和比琳达身边,他们也正要离开讲台。大家都很尴尬,脸红红的。

实际上并不只是脸,而是浑身,从头到脚。因为突然间,曼先生、马利克小姐、女爵瓦伦廷·法恩夫人、比琳达和托比被淋了一身蛋糕粉浓汤。

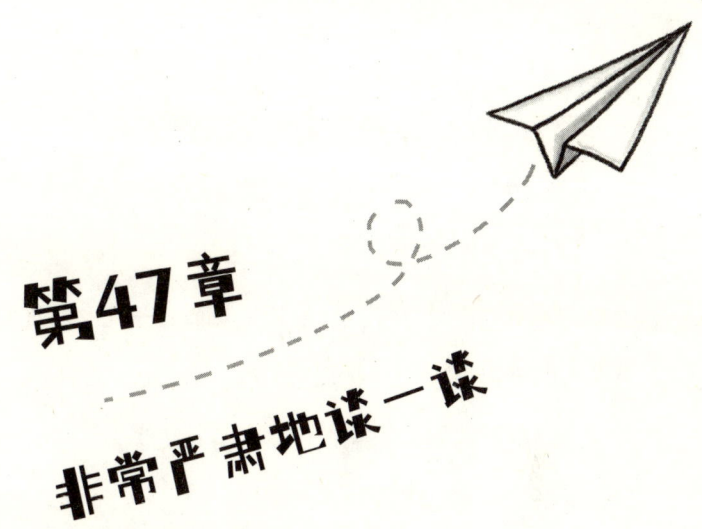

第47章
非常严肃地谈一谈

有那么一会儿,没人说话。有那么一会儿,只有沉默。当蛋糕粉浓汤堆起来的粉色粉末团在他们身上并慢慢往下滑落时,讲台上这五个完全黏糊糊的人震惊地站在那里。

然后他们突然一起尖叫起来:"呃呃呃呃呃呃!"

"这是些什么?"

"我看不见我的笔记本了!"

"我的头发!我漂亮的头发!"

"我在流血!我在流血!"

"不,你没有,瓦伦廷·法恩夫人!"

"女爵!"

"对不起,女爵!"

"这是谁干的?"曼先生喊道——比女爵瓦伦廷·法恩夫人声音更大。

这是个好问题。答案很快就水落石出了。

卡特先生和迪欧娜(以及所有老师,实际上还有全场观众)都往上看。在大厅讲台上空,是几根橡木,有时学校的戏剧演出会派上用场,用来悬挂帘子和舞台布景。有一个人正从那上面往下爬,橡木上悬着两个正往下滴蛋糕粉浓汤的大金属桶。他在笑——笑容满面的,正是瑞安·沃德。

"我干的!"他说着,跳到讲台上。

"瑞安·沃德!"巴林顿先生说。

"正是我,"瑞安说着,骄傲地转向观众,"是的,瑞安·沃德,布拉克特·伍德学校有史以来最优秀的恶作剧者!"

爆发出一阵掌声。

"停下来!"曼先生叫道。

"是的,也许……确实……得停下来。"卡特先生说。

"你准备怎么处理这件事,卡特先生?"马利克小姐说着,

用一张纸巾擦起自己的脸,但显然没起到什么作用。

"什么?"

曼先生、马利克小姐、女爵瓦伦廷·法恩夫人、托比和比琳达全都怒视着他。卡特先生只能看到他们从一团粉色的东西里面瞪着眼,这让他们的表情更加狰狞。他转过身,全校师生也都在看他。在这种情形下,一个真正的校长会怎么做?他想到,哦,只有一种办法。

"首先,"他说着一把抓住瑞安,然后把他拽下台,"我要严肃地跟这个男孩说几句。非常严肃地谈一谈。"

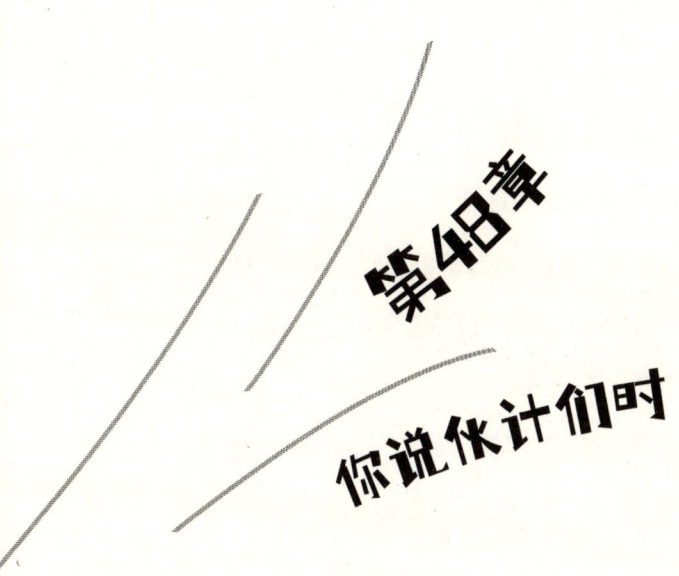

第48章
你说伙计们时

"为什么,卡特先生?"卡特先生愤愤地说,"你为什么要这么做?不只是蛋糕粉,还有你演讲中的粗话?为什么?"

他们就站在大厅外面的过道里。透过大厅门上的窗户看,就像一系列卡通人物在台上,粉红小团子一家,全站着并且回头看他们,不过没法听见他们在说什么。

瑞安低着头,摇一摇,又抬起来。

"瑞安,直到一个小时前,我还在思考这段奇怪的经历或许真的是值得的。我觉得这会让你学到一些东西——身为一个老师,这合情合理。我觉得这会教会你如何更老成一点,更成熟一点。可当我发现你做了去见我母亲这样愚蠢而幼稚的事情时,我就想,这完全是浪费时间。有什么意义呢?倒不如把瑞安·沃德的恶作剧进行到底。"

卡特先生皱起眉头:"就因为我去看望了你母亲?"

"是的!我不希望我母亲最后一次见我时,那个人不是我!"

卡特先生眉头皱得更深:"最后一次?"

"是的!"

卡特先生眉头皱得越来越深了:"她?"

他不想说出来。

"瑞安,"瑞安说,"她在一家临终安养院。"

"我知道。嗯,我看到它的名字了。可我不知道那是什么。我只觉得那是一个医院。"

"不,那个地方是给——"

"是的,我现在明白了。"

卡特先生沉默了一会儿。"抱歉,非常抱歉,"最后他说,"可是……我很孤单!我想念我的妈妈!还有……想到你妈妈一个人在病房,我就很难过!"

卡特先生语无伦次地说出这些理由,瑞安吃了一惊。

第48章 你说伙计们时

"哦……"瑞安说,"可你至少应该把你去看过她这事告诉我!告诉我临终安养院打过电话!"

"是的……你说得没错,这是当然。可是……我不知道临终安养院是什么。真的。就算我知道,我也不知道该怎么做。"卡特先生抬起头,眼里噙着泪水,"这些都是大事,大人才能处理的事,卡特先生。没错,我长大了一点,正如你说的。可是内心,我仍然只有十一岁。"

瑞安看着他。他皱了皱眉,摇了摇头,目光柔和了一些。"好吧。是的。也许。哦,天哪!"他望向大厅,那几个粉色的人显得很不耐烦,"也许我做得过火了。对不起,瑞安。我很生你的气,对一切都很生气——对学校、对这件在错误的身体里的蠢事……对我母亲更喜欢你看望他,而不是我!"

"我明白。"卡特先生说。

"因为我想去那里,为了我妈妈。而且我想作为我自己,她四十三岁的儿子去那里看她。"

瑞安的目光更加柔和了,渐渐地噙满泪水。事实上,是他,而不是卡特先生,哭了起来。挨骂的男孩哭了起来,在大厅里的人看来也许没那么奇怪。但实际上这是头一次,在这个挨骂男孩身体里的男人哭了很长很长一段时间。

接着大厅的门打开了,是迪欧娜。

"伙计们,你们得回到里面来了。不管怎么样,得收拾一下烂摊子。"

卡特先生看着她,又看了看他身边的男孩,眼泪仍然从他的脸颊上往下流。他的脸上露出坚定的表情。

"你说伙计们时,"他说,经过她身边,"我以为你指的是我。"

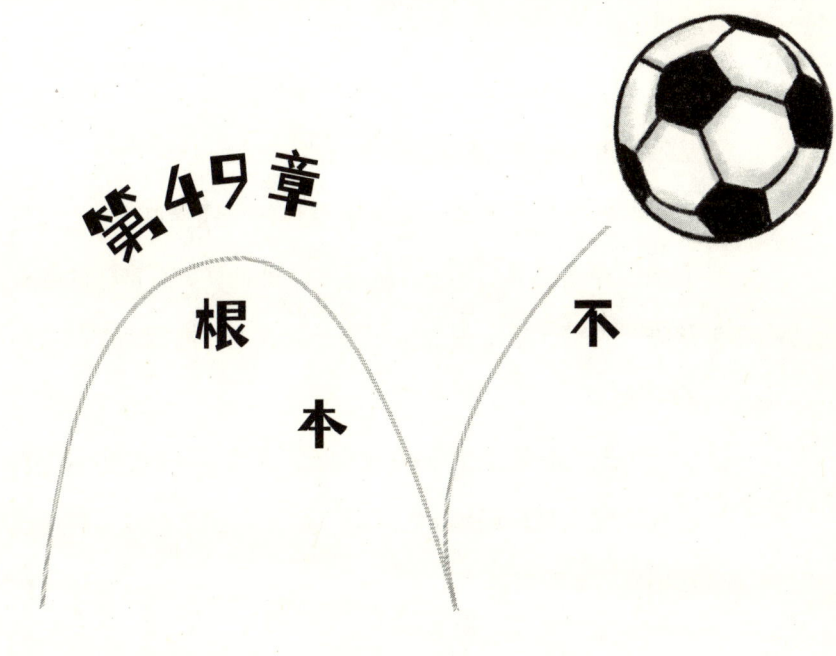

第49章 根本不

"好了,卡特先生!"曼先生说着,两手交叉放在胸前,他站立的姿势仿佛在说:我也许浑身裹上了蛋糕粉糊糊,但我仍然是一个重要人物,"我们在这里等了好久。"

卡特先生走进大厅,跟在他身后的是迪欧娜,最后是看上去局促不安的瑞安。

"今天发生的事情没有一件可以给你们学校加分。再考虑到在过去的几年里,布拉克特·伍德学校在'防蠢办'的评级里有多么危险,我觉得我们提交报告后,不管是什么结果,你们都不能责怪任何人。不过，先暂且把这件事情放在一边，马利克小姐和我都非常有兴致来看看你的惩罚措施，这也许是你们挽回局面的最后机会，你要严惩对此事负有责任的那个男孩吗？"说到这里，曼先生朝整个舞台的方向挥动着一只粉色的手臂。

卡特先生走上讲台，站在他们五个前面——他们的身上仍然在往下滴蛋糕粉糊糊，他不得不避开地面上前几分钟由蛋糕粉糊糊形成的坑。

"来这里，瑞安·沃德！"他说。

瑞安看着他，慢慢地一步一拖地走向讲台旁边的台阶，同样避开了粉色的坑，站到了卡特先生旁边，再次低下了头。

"哦，"卡特先生说，"曼先生，你问了我一个好问题。也就是，我要如何惩罚这个男孩，他用蛋糕粉浓汤泼了你们几个好人一身，让你们看上去像是小猪佩奇一家。"

五个粉色的人看着彼此，这跟他们期望的不太一样，但卡特先生继续说。

"这可不行，因为你们都是非常重要的人物。实际上，我当校长没多长时间，可担当这个职务的短暂时间里，我学到了一些东西。我学到的这些东西让我做出了这个决定，那就是

第 49 章 根本不

我根——本——不——准备惩罚瑞安·沃德。"

一阵短暂的沉默后,曼先生说:"抱歉,卡特先生,我不明白你的意思。"

"是吗?那就怪了。我说得很慢,一个字一个字说的,每个字之间都有停顿。我根——本——不准备惩罚他。这句话的意思是说,他不会受到惩罚。"

第50章

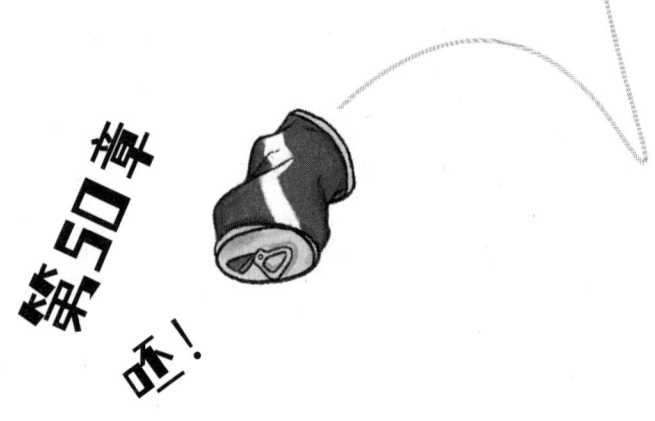

五个黏糊糊的人都怔住了。老实说，裹着一层蛋糕粉浓汤，他们看上去就已经很茫然了。这时瑞安终于抬起头来，看上去非常惊讶。

"事情是这样的，"卡特先生继续说，"瑞安最近……压力很大。这段时间他的世界有点儿不对头，一切都颠三倒四，让人困惑。是吧，瑞安？"

瑞安看着他，不带任何讽刺，他小声答道："是的。"

"此外，他母亲病了。病得很重。我不想过多地谈论这件

第50章 呸！

事情——当然，这是件私事——但我知道这让瑞安非常痛苦，他非常担心她。"

他说完这些后，大厅和讲堂一片寂静。

"是吗？"

"是的。"瑞安仍然小声地说。

"有时我们非常担心什么时，会做出让人生气的蠢事。不是吗？"

"是的，是的，卡特先生。"瑞安说。

卡特先生点了点头，回头面向讲台，特别认真地看着"防蠢办"的两个督察员。

"瞧，我知道你们很恼火，因为你们被泼了一身蛋糕粉浓汤，但是你们知道吗？蛋糕粉浓汤可以清理掉，可是发生在人身上的糟心事却难以清理。"

说到这里会场又是一阵沉默，但不是没有声响，能听到窃窃私语——屋子里的人们小声地表示同意，他们在说"是的""没错""说得好"。

"曼先生，马利克小姐，"卡特先生继续说，"我们的工作就是让孩子们的生活更美好，不是吗？生活对他们来说很艰难时，我们应该给予理解。也许再加上一点宽容。这就是原因——我知道瑞安·沃德为自己的所作所为感到羞愧，我不会惩罚他。"

一时间没人说话。慢慢地，会场后面响起一阵掌声。随即所有的孩子——奥克罗夫特的学生，还有布拉克特·伍德的学生全都加入其中，掌声越来越热烈。他们站起来，开始跺脚和欢呼，声音更大了。

这时，台上的迪欧娜转向观众唱了起来："哦！校长卡——特！"

卡特先生环顾四周，突然间大家都加入了进来。

"哦！校长卡——特！"

甚至有奥克罗夫特的孩子们，有杰拉德小姐和巴林顿先生。校长在台上朝周围看了看，甚至包括了马利克小姐，以及有些勉强和犹豫、仿佛不太确定，但最终决定加入进来的曼先生。

"哦！校长卡——特！"

甚至包括瑞安·沃德。

"哦！校长卡——特！我得告诉你，这有点儿怪。"他说。

卡特先生笑了。当然，有三个人没这么做。

"好了，托比，比琳达！够了！我们走！"

三人中，有一人喊道，他们全身仍满是粉色蛋糕粉糊糊，

第50章 呸!

她、托比和比琳达离开讲台,朝门口走去。

"说实在的,贝尔斯,"托比边说边舔着一根手指,"这真是意想不到的款待。"

"哦,闭嘴,你这个光好看的草包!"

"对发生的一切,我很抱歉,瓦伦廷·法恩夫人!"卡特先生在他们身后喊道。

"女爵(OBE)!"

"这个词的意思是可恶的老太婆(OLD BATTLEAXE EEURGHH)!"

他们停住了脚步,转过身来。女爵瓦伦廷·法恩夫人,看上去比之前更加恼怒了。

"谁说的?"

台上的一个人很快举起手。

那是瑞安·沃德。

嗯,是瑞安·沃德身体里的卡特先生,他似乎很为自己感到自豪与高兴。

卡特先生,或者说样子是卡特先生的人,耸了耸肩。显然,他也不会为此惩罚瑞安·沃德。女爵瓦伦廷·法恩夫人尽量挺直身体,说了声:"呸!"便愤然地离开了会场。

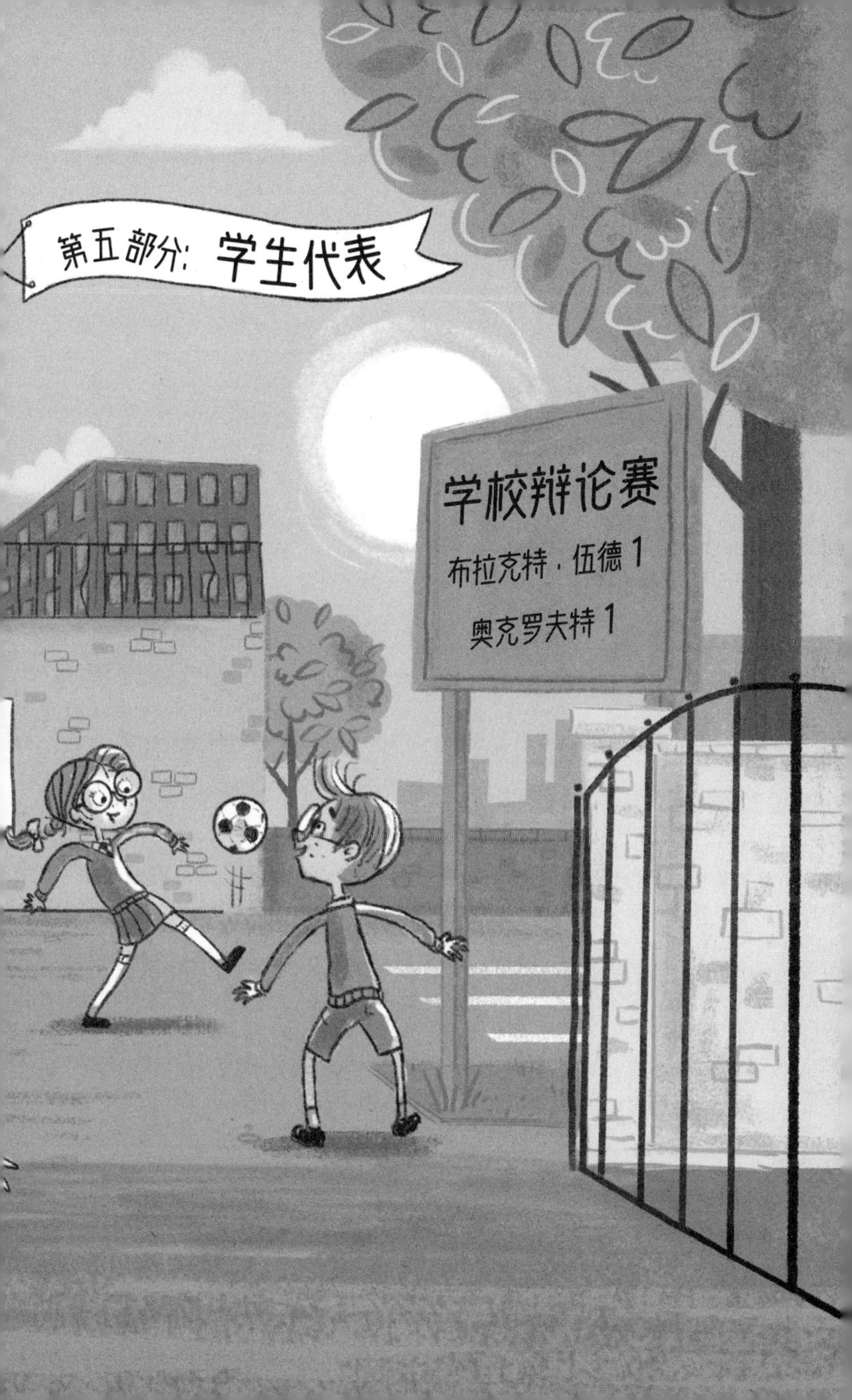
第五部分：学生代表
学校辩论赛
布拉克特·伍德 1
奥克罗夫特 1

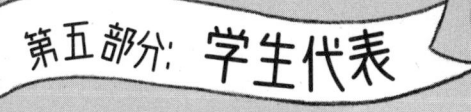

第51章 奇怪的音乐

"瑞安？瑞安？你能听见我说话吗？"

他的眼睛微微眨了眨，表明他可以。

"我觉得他醒了。"

"瑞安？"

瑞安睁开眼睛，妈妈蒂娜和迪欧娜正低头看着他。显然，他是在床上。事实上，此时他跟两周前，即整件事情开始时一样，在同一家医院、同一间急诊室。

"哦，瑞安！"他妈妈说着，伸出双臂搂住他，"你怎么会晕倒？我真的很担心你！"

就在这时，瑞安意识到他并不是躺在两周前的那张床上，而是躺在对面那张床上。因为他能看见卡特先生就睡在对面——两周前他睡过的那张——的床上。那是卡特先生，而他才是瑞安。蒂娜，他的妈妈，给了他一个大大的拥抱，让他感觉很好，仿佛回到家里一样。

"沃德太太？能跟你谈谈吗？"医生说，"最好让瑞安适应一下光线，之后你可以来跟他说会儿话。"

他妈妈放开拥抱，吻了吻他的脑门儿，和医生一起走开了。

就在这时，瑞安转向迪欧娜，轻声说："出什么事了？"

"首先，我要知道你是谁。"她柔声地回答。

他皱了皱眉，"为什

第51章 奇怪的音乐

么你需要知道这个?"

"不然解释不清。因为当我指的是你的时候,我会说是卡特先生。我指的是卡特先生时,会说你。无论如何我会给你解释这件事情,但起码我要知道我在跟谁说话。"

"好的,没错。我是瑞安。我回到自己的身体里了,虽然我有点儿昏昏沉沉,但感觉好多了。突然变成四十三岁的人一点儿也不好。到底出了什么事?"

"呃,"她说,"辩论赛之后,'防蠢办'的督察员去洗手间清洗……"

"谢天谢地,我们收拾好了。"

"然后我、你和瑞安——那时是卡特先生——一起去他的——你的——哦,无所谓了——

校长办公室。我们谈论起发生的事情,看我们是否能得到'防蠢办'好的评级。我们说话的时候,校长办公桌上那个诡异的音乐盒又开始播放奇怪的音乐。我四下一看,你们两个都倒在地板上睡着了。"

瑞安看着她说:"谢谢。"

"什么,因为告诉你这些而感谢我?"

"是的,但更为你是这样一个好朋友而谢谢你,也为在辩论赛的发言而感谢你。太精彩了!"

她笑着对他说:"你能变回来真好,瑞安。"

第52章
哥哥

对瑞安来说,出院后第一件恼人的事情是,他刚刚躺在病床上,现在又得上床睡觉。一方面,因为他是傍晚出院的;另一方面,也因为医生们告诉妈妈——他需要多休息,他们不明白他为什么又一次莫名其妙地晕倒。当发生了医生们不能理解的事情时,他们开的药方就是——休息。

即便如此,回到自己的床上,他还是很开心,不是因为医院的那张病床(他醒着在那张床上只待了一会儿),而是因为卡特先生的那张床——太大了。也许整个经历中最古怪的事情就是睡在校长的床上,当然,除了上厕所,这件事我们仍然不会深入地去说。

"对不起,"蒂娜说,"我还没有换羽绒被。"

"什么?"瑞安说着坐了起来,有些不自在,他更希望羽绒被已经洗过了,因为卡特先生在他的床上睡过。并且,卡特先生也在他的身体里睡过。好吧,显然还有很多事情要处理。

"绒被!"霍莉说话时坐在蒂娜的腿上。

"你一直说这件布满海盗图案的羽绒被被套,对你来说有点儿幼稚。我想也是。最近你不舒服,我给你盖被子时,也这么觉得。"

"真的吗?"

"是的,你现在已经长大了,不适合海盗图案了。"

"盗!"霍莉说,"盗,绒被!"

"晚安,晚安,瑞安!"房间外面传来一个声音。**吧呜咻!**

"晚安,晚安,安妮姨婆!"瑞安说。她从门边走开后,他又轻声说道,"哦……她要待多久?"

"就今晚,起码她没有真的进到房间里来。"

哗咯轰!

"好的……"瑞安说着,笑了。从某种程度上说,他很高

第52章 哥哥

兴听到这些声音。这是他家庭生活的一部分,他熟悉的家庭生活。

"我一直在看别的羽绒被。有一条全黑的,你可以——"

"妈妈,"瑞安说,"我爱这条羽绒被。"

她皱了皱眉说:"真的吗?"

"是的,"他说着,笑了,"而且我也爱你。"

蒂娜的眉头皱得更深了。她也在笑,他这么说太暖心了,但与此同时,她不禁深深地皱起眉来。瑞安以前从来没有好好说过这句话,除非她逼他说——她说这句话时盯着他,直到他不得不以同样的话回应。

这让她想到最近瑞安总是说他不是瑞安。但就在这时,霍莉向她哥哥伸出手,抚摸他的脸说:"瑞安,是的,瑞安,我哥哥。"

他们两人大笑着拍手,霍莉之前从没说出过他的全名,也从没说对过。

第53章
就这些吗?

瑞安·沃德焦急地坐在校长办公室外。当然,他以前来过这里很多次,但现在他希望事情能有所不同。卡特先生的晨会挺好——他其实就说了下这阵子很多事情有些奇怪,但是时候让一切恢复正常了。最后他相当严厉地说:"还有,瑞安·沃德!放学后到我办公室来一趟。"

也许一切都要回到无聊的正常状态了,他又得跟以前一样总是处在各种麻烦事中,也许卡特先生要为他当校长期间做的所有事情训斥他。

第53章 就这些吗？

卡特先生打开了门。

"你好，瑞安，"他说，"进来。"瑞安走了进去，在卡特先生办公桌对面坐了下来。

"卡特先生，"他说，"我为我之前做的事情感到非常抱歉。我是说，我是你的时候。让小班的孩子们当老师，英国乌龟的游戏，还有取消家庭作业和……"

"你还好吗？"卡特先生说。

"什么？"

"哦，你知道的，一切……都回到了原来的位置。我们的……经历，没有带来不良后果。"

"哦，是的。我很好。实际上，我很高兴现在我去尿尿，不用——"

"我想我们最好不要谈论这件事。"

"好的。"

"实际上，我不确定我们是否应该向别人提起——交换身体这整件事情。除了迪欧娜，她已经知道了。因为这会让我们显得有点儿……"

"疯癫？"瑞安说。

"嗯！"卡特先生说。

一阵短暂的停顿。卡特先生皱了皱眉,仿佛不确定接下来要说什么。瑞安开始纳闷他什么时候会好好训自己。

"还有,瑞安,我想告诉你几件事情,"校长最后说,"你或许想要知道。首先……啊……他们来了。"

"谁?"瑞安说着,四下张望。卡特先生走到门后,打开了门。他一直对着瑞安笑。瑞安不知道为什么,直到看见他妈妈进来,坐在轮椅里。不是他的妈妈,是卡特先生的妈妈——格雷斯。护士扎迪推着她。

"你好,妈妈。"卡特先生柔声说。

"你好,迈克尔。"格雷斯笑着说。她膝盖上盖着条毯子,手背上挂着输液袋,但她看上去很开心。

扎迪把轮椅推到房间里,转动轮椅,让她面朝卡特先生和瑞安。

"哇!"瑞安说。

"你好,"格雷斯说,"你是谁?"

"这是瑞安·沃德,妈妈。他是这里的学生。瑞安,这是我妈妈,格雷斯。"

"是的,我知——"

第53章 就这些吗?

"还有,"卡特先生打断了他,继续说,"我妈妈身体不是很好,出乎意料的是,她最近好些了。"他顿了顿,继续说,"医生们认为……"他说话的时候,仔细看了一眼瑞安,"是的,我上次去看望她,让她精神振作了很多……"

"那次你哭了!"格雷斯说着伸出一只手。他握住她的手,对她微笑着。

"是的,好像是的。我有点儿记不清了。"

"也许,"瑞安说着,自己也笑了,"因为是你当时……情绪太激动?"

卡特先生点了点头:"不管发生了什么,它改善了我母亲的心态,至少她暂时得到了缓解。"

"嘿?各位?"格雷斯说,"我还在这儿呢。"

"你瞧,"扎迪看着卡特先生说,"她回到她正常的自我了!"

"对不起,妈妈。"

"没事,迈克尔。我就想看看这所学校。学校很漂亮。"

卡特先生和瑞安交换了眼神。瑞安的眼神明显在说,你说过她好多了,可现在她竟然说这所学校很漂亮。

"是的,"扎迪说,"我们要回去了,我跟医院报备过我们不会出来太久。"

格雷斯点了点头，扎迪紧紧抓住她轮椅的把手。这时格雷斯抬起头，卡特先生跪下来，轻吻她的脸颊。她缓缓地闭上双眼，接着又睁开眼、伸出手，说："很高兴认识你，瑞安。"

瑞安握住她的手，她的手像羽毛一样轻。他们双手紧握着，她补充说："希望我们能再次见面，我不希望这是我们唯一的一次会面。"

瑞安看着她。她在笑，就像……就像她知道这不是。瑞安张开嘴想要回答，也许应该告诉她这不是的。

这时扎迪说："走吧，格雷斯，别拖延了！"说着把轮椅向后拉，推到了门外。瑞安看着她离开，感觉有一只手放在了自己的肩膀上。他顺势抬起头，卡特先生正低头看着他。

"谢谢你。"他说。

瑞安转身准备离开："就这些事吗，卡特先生？"

"不是的，"校长说，"不完全，还有一件事。"

第54章 还有一件事

瑞安转过身。

"我还想告诉你一些事情,"卡特先生继续说,"你还记得你跟我说你去看望我母亲后,我们有一场——有些激烈的谈话吗?并且我——呃,我说我觉得这个过程可以教会你一些东西,怎样变得更成熟。"

瑞安点点头说:"我记得。"

"是的,但我认为它也教会了我一些东西,当时我没有意识到。"

"那是什么?"瑞安说。

卡特先生沉思了一会儿,说:"怎样做到不那么成熟。事情是这样的,瑞安。真的,内心里,我这个年纪的人——我们不是大人,只是年纪大些的孩子。生活迫使我们大部分时间要表现得非常严肃,可是我们大多数人——心理年龄跟你一样,大概十一岁。可我忘了不管一个人年龄多大,都不必一直表现得像个大人。"

"对。"瑞安说着点了点头。

"别误会我的意思。现在我又回到原来的样子……我不会在走廊尝试奇怪的走法,不会大吼大叫。我是你的时候……把蛋糕粉浓汤倒在督察员身上捉弄他们的时候……那是我内在的那个孩子,不成熟的那个我,占了上风,我做得太过了。这是一种平衡,真的……"

卡特先生说话的时候,瑞安望着窗外,听得不那么仔细了……经过这次异乎寻常的经历,瑞安长大了一点儿,他甚至在内心特别喜欢与卡特先生的这种新关系,卡特先生有点像他爸爸,做着爸爸会做的一些事情,而他真正的爸爸从没做过这些——比如教他重要的人生功课。

但现在,瑞安看见朋友们在操场上踢足球,只希望卡特先

第 54 章　还有一件事

生能停止讲述人生的大道理,这样他好出去,跟朋友们一起踢足球。

"还有一件事情我想告诉你。"卡特先生的话把瑞安的注意力拉回来,"哦,不是告诉你,是和你分享。我觉得我们可以一起再做一件事。"

卡特先生转过身。在他的办公桌上,那个音乐盒旁边,放着一个信封,上面盖着"防蠢办"的邮戳。

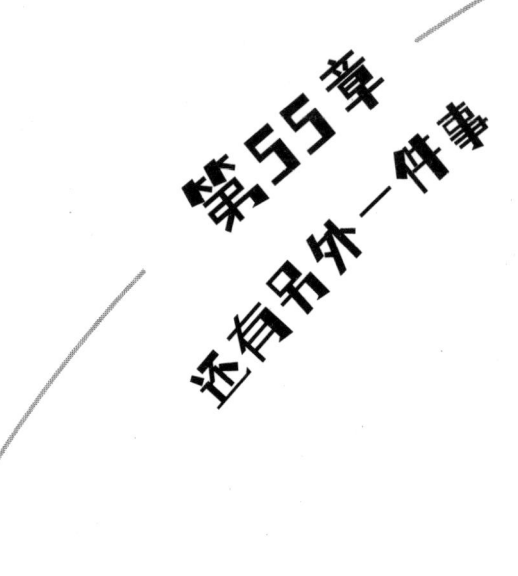

第55章
还有另外一件事

"你还没拆开它吗?"瑞安说。

"没有,就像我所说的,我想要和你分享,我觉得不管里面写的是什么,你都负有大部分责任。"

"嗯,"瑞安站起身走到窗边,"不只是我。"

"你在做什么?"卡特先生说。

"打开窗户。"

"这扇窗户关得一直都有点儿紧。"

"我在办公室时注意到了,只要转动一下,再把这个手柄

第 55 章 还有另外一件事

抬起一点儿就不紧了。"

"哦,"卡特先生说,"我从来没有想过这种方法。"

"迪欧娜!"瑞安从敞开的窗户向外喊,"迪!到这里来!"

"我在踢足球!"

"我知道,就一会儿!"

她抬头看了看天空,向她的玩伴们挥手做了个"抱歉"的手势,跑了过来。

"什么事?"她上气不接下气地说。

"卡特先生想要跟……我们分享一些事情。"瑞安说。

"是的,"卡特先生说着点点头,"你说得对。"他拿起"防蠢办"的信封,"这件事涉及我们三个人。"

"噢,天哪!"迪欧娜说。

"天哪?"瑞安说。

"我尽量忍住不爆粗口。"迪欧娜说。

"那样最好,"卡特说,"好了,我们开始吧!"

他们挤在信封周围,有点像影视明星宣布一个奖项时的样子。卡特先生撕掉信封顶部,拿出一张纸,举了起来。

"我不敢看!"迪欧娜说着,闭上双眼,"是良好吗?"

"不是。"瑞安说。

"哦,不!"迪欧娜伤心地说,"又是不合格。哦,不,哦!"

"也不是不合格。"瑞安说。

"我的天哪——他们还没有设立垃圾等级,是吧?"

"迪欧娜,"卡特先生温和地说,"睁开眼睛。"

显然,迪欧娜可不认为这是个好主意,她只睁开了一只眼睛。但当看到纸上的内容时,她以为肯定是自己看错了,肯定是因为一只眼睛视野太狭窄而造成的误解。不过,当她睁开另一只眼睛后,看到的内容还是一样,所以这肯定是真的!

"优秀?"她叫道。

"是的!"瑞安说。

"真令人惊叹!"迪欧娜说。

"哇!"瑞安说,"真是太惊讶了!"

第55章 还有另外一件事

"没错,"卡特先生说,"当然,我的确给'防蠢办'提供了一些额外信息。比如,从你管理学校的这一短暂期间,学校的学生表现得更好了,交作业更积极,课上互动更活跃,你相信吗?他们也更加遵守纪律了!就像——就像你给他们放了一个短假……摆脱了乏味的学校。他们很享受,回来就成了模范生!"

瑞安点了点头,很吃惊,又很高兴。

"但你知道吗?我觉得,"卡特先生说着,把那张纸折起来,"主要是因为你们俩在辩论赛时的表现,你们激励人心的演讲——拯救了这所学校!"

迪欧娜和瑞安对视了一下。

"我想是的!"瑞安说。

"嘿!"迪欧娜说着,抬起手。

"击掌?正常点儿。"

"来吧。"

他笑着拍拍她的手掌。

"按语上说,"卡特先生说,"这所学校需要一个学生代表。我们以前没有,大部分学校都有,我在想也许你……"

"哦,"瑞安说,"对我——一个学校最淘气的男孩来说,这是一次奇妙的旅程。但是,嘿……没错,卡特先生——我很乐意,我很乐意当学生代表。"

卡特先生点了点头,说:"不是你,你这个大笨蛋!当然是迪欧娜!我提议她当学生代表!"

"你确定?"迪欧娜说。

"你确定?"瑞安说。

卡特先生点了点头,迪欧娜笑了。

"嘿!好的!谢谢你。有何不可?"

"有何不可,迪欧娜!"

"哇,"瑞安有点难为情地说,"学生代表!真酷。"

迪欧娜看向窗外,家长们来接孩子了:"我能去告诉我妈妈吗?她会非常骄傲。"

"当然。"

她跑回操场上。卡特先生和瑞安彼此看了看,接着卡特先生大笑起来,毫不掩饰地大笑:"哈哈哈哈哈!"

"我的朋友,你刚才被捉弄了。你太丢人了!你是个傻帽!"

现在轮到瑞安笑了:"是很有意思,但没有你的蛋糕粉浓汤恶作剧精彩。"

"是的,那次确实很精彩!"

第55章 还有另外一件事

"顶级恶作剧,把蛋糕粉浓汤桶弄上去肯定也花了一番功夫。"

"没错,我竭尽全力了。"

"是的,但我得说,在学生代表这件事上,我上了你的当。"他朝卡特先生伸出食指说,"继续恶作剧,老兄。有朝一日你可以达到我的水平!"

然后他转身出门,往操场跑去了。

"瑞安!"卡特先生说。

瑞安转身。

"还有另外一件事。"卡特先生伸出一只手。有一会儿,瑞安有点担心——他是要揍自己吗?他还是很恼火吗?但他一把抓住瑞安的领带,瑞安的领带跟以前一样,没有系好,在脖子下面的两颗纽扣那里来回摆动。

"过来。"他说着,把领带拉紧到瑞安的衣领那里。卡特先生退后几步,欣赏着自己的手艺,"终于系好了!"

瑞安摸了摸领带,做了个无所谓的表情,抬起头来。"好吧,没问题,"他说,"但我觉得——"他伸出手,把卡特先生的领带往下拽了一格,让领带松松垮垮地挂在他身上,"这样更适合你!"

卡特先生笑了。他照了照壁炉上方的镜子——之前巴林顿先生就是照的这面镜子，试图看清脑门儿上的字——说："你知道吗，瑞安？我想也许你是对的。"

瑞安点了点头，转身朝操场跑去了。

卡特看着他离开，他顺利地避开了遇到的所有障碍：足球运动员、打闹的学生、跳房子的学生、玩掌上电子游戏机的学生和正在爬攀爬架的学生，朝他妈妈跑去。蒂娜看到卡特先生从窗户往外看，友好地冲他挥手微笑。他也冲她挥了挥手，想起他是瑞安时的一些事情，记忆已经有些模糊了，她还让他跟她说说自己的一些真实情况：也就是说，关于卡特先生，他是一个什么样的人。

也许，他想，明天我可以尝试一下。

但现在他有事情要做。他得安排明天的晨会，核查可以代课的老师，组织一场学校董事会的会议，还要写一则通告来庆祝"防蠢办"给学校的最新评级。

他在电脑前坐下来打字之前，注意到桌上有个东西。他想起瑞安离开他的办公室时说的话。

继续搞恶作剧，老兄。

他从桌上拿起那个东西。

他完全知道该怎么做。

尾 声

"比琳达!谢谢你来我的办公室!我想给你看下这个!"

"这是什么,女爵瓦伦廷·法恩夫人?"

"这封信今天刚收到,是那个糟糕的布拉克特·伍德学校讨厌的卡特先生寄来的。我觉得它也许是某种和解的礼物,表示道歉的一种方式。"

"是的,我想是的。这是一个盒子,对吗?"

"没错,上面有箭头图案,相当漂亮。毫无疑问,来自那个地方。"

"我想这是一个音乐盒。呃,找不到钥匙。让我把它在办公桌上摔一下。"

砰!嗡。

"好吧。嗯,我觉得那是相当不错的——"

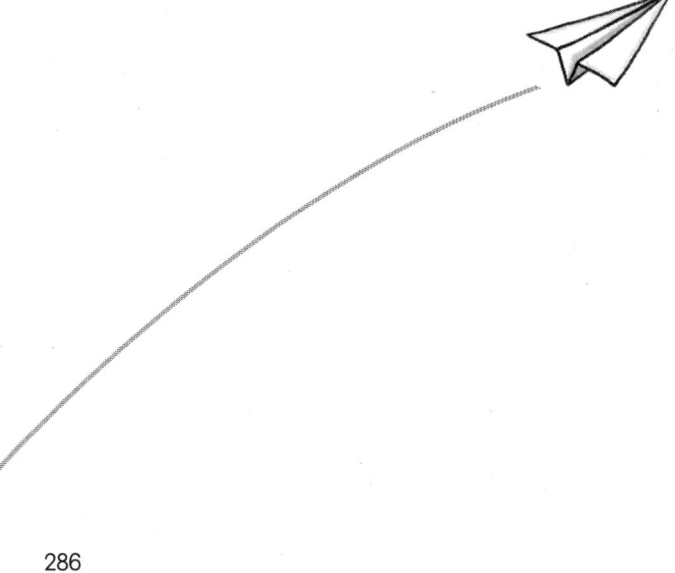

布拉克特·伍德学校校规

1. 所有学生想穿什么就穿什么。
2. 在过道里只能奔跑、喊叫,互相碰撞。
3. 所有学生都应该尽可能地在课堂上发出有趣的愚蠢噪声。
4. 家庭作业永远取消。

图书在版编目（CIP）数据

和校长互换身体的男孩 /（英）大卫·巴蒂尔著；
（英）史蒂文·伦顿绘；苏心一译. -- 石家庄：花山文
艺出版社，2023.2（2023.10重印）
书名原文：HEAD KID
ISBN 978-7-5511-6331-6

Ⅰ.①和… Ⅱ.①大… ②史… ③苏… Ⅲ.①儿童小
说-中篇小说-英国-现代 Ⅳ.①I561.84

中国版本图书馆CIP数据核字(2022)第205959号

HEAD KID
Text © David Baddiel 2018
Illustrations © Steven Lenton 2018
Translation © 2023 translated under licence from HarperCollinsPublishers Ltd

书　　名：和校长互换身体的男孩
　　　　　He Xiaozhang Huhuan Shenti de Nanhai
著　者：[英]大卫·巴蒂尔
绘　者：[英]史蒂文·伦顿
译　者：苏心一
责任编辑：王李子
责任校对：李　伟
装帧设计：李晓红
美术编辑：王爱芹
出版发行：花山文艺出版社（邮政编码：050061）
　　　　　（河北省石家庄市友谊北大街330号）
销售热线：0311-88643221 / 34 / 48
印　　刷：文畅阁印刷有限公司印刷
经　　销：新华书店经销
开　　本：880毫米×1230毫米　1/32
印　　张：9.5
字　　数：70千字
版　　次：2023年2月第1版
　　　　　2023年10月第2次印刷
书　　号：ISBN 978-7-5511-6331-6
定　　价：39.80元

（版本所有　翻印必究·印装有误　负责调换）